Und

über

allem

der Himmel

Wolfgang Frink

Und über allem der Himmel

*

Erzählungen und Geschichten

Bel-Litera-Verlag

Erschienen im Bel-Litera-Verlag

Simmern/Ww.

Die Deutsche Bibliothek CIP – Einheitsaufnahme

Von Wolfgang Frink sind bisher erschienen:

Das Geheimnis der Zypressen, Roman
(ISBN 3-89811-493-7)
Schmal ist der Tugend Pfad, Roman
(ISBN 3-8311-0957-5)

Herstellung: Books on Demand GmbH, Norderstedt

ISBN 3-8311-3399-9

Lebensklugheit bedeutet, alle Dinge möglichst wichtig, jedoch nichts völlig ernst zu nehmen.

Arthur Schnitzler
(Österreich, 1862-1931)

Für Gisela und Katja

Und über allem der Himmel

Dora starrte in die triste Dezembernacht und hing ihren Gedanken nach. Es schneite bereits seit Stunden und dunkle Wolken zogen dicht über die kahlen Bäume. Apathisch verfolgte sie den Flug einer winzigen Schneeflocke, die vom Himmel herabtänzelte und am warmen Zimmerfenster in einem dünnen Rinnsal zerfloß.

Geboren, um zu sterben, dachte sie, und sofort befiel sie ein bohrender Schmerz, als ihr die vergangenen Monate wieder ins Bewußtsein drangen. Seit dem Tod ihres Mannes vor einem halben Jahr hatte sie alleine vier Kinder zu versorgen. Die Rente war klein, der Gang zum Sozialamt unumgänglich. Um die Kasse etwas aufzubessern, half sie mehrmals in der Woche in der Dorfkneipe um die Ecke als Bedienung aus.

Dora war eine attraktive Frau Anfang Vierzig, wirkte aber von ihrer äußeren Erscheinung und Spontaneität wesentlich jünger. Nur die tiefen Sorgenfalten beiderseits der Mundwinkel verliehen ihrem ansonsten lieblichen Gesicht einen harten Ausdruck.

Sie hörte die vergnügten Schreie der Kinder, die im Nebenzimmer tobten. Unvermittelt öffnete sich die Tür und Mona, sechs Jahre alt, und als Nesthäkchen von allen umsorgt, stürmte wie ein Wirbelwind ins Zimmer. Ihr hellblondes Lockenköpfchen leuchtete und ihre Wangen waren vom Spielen gerötet. Sie ahnte nichts von den Nöten der Mutter und fragte unbekümmert: „Mutti, kaufst du mir morgen die Puppe, die wir heute im Schaufenster gesehen haben?"

Wehmütig schaute Dora auf, zog die Kleine an sich und strich ihr übers Haar.

„Schatz, du hast doch noch die vielen anderen Spielsachen. Vielleicht bringt ja das Christkind die Puppe für dich."

Mona schmollte kurz und lenkte dann zu Doras Erleichterung ein: „Oh, ja, darauf freue ich mich. Es dauert ja nicht mehr lange. Dreimal müssen wir noch schlafen."

Dora lächelte und sagte: „Geh' noch spielen, gleich gibt es Abendbrot."

Sie eilte in die Küche und bereitete das Essen vor. Dabei ging ihr wieder Monas Wunsch durch den Kopf. Sie dachte: Wenn es nur um eine Puppe ginge wäre mir leichter ums Herz. Wesentlich anspruchsvoller waren die Wünsche der übrigen drei. Wie oft hörte sie nach der Schule die versteckten Anspielungen, was die anderen Kinder alles hatten. Angefangen bei Computern über Markenklamotten wie Esprit und S'Oliver war alles vorhanden, von teuren Urlaubsreisen in den Ferien ganz zu schweigen. Das alles konnte sie nicht bieten. Lächelnd erinnerte sie sich an ihren Einfall, in eine an sich hochwertige Jeanshose, die sie günstig gekauft hatte, ein „Levis-Etikett" aus früheren Beständen einzunähen, nur damit Jens, der Älteste, sie überhaupt anzog.

Sie löste sich von ihren Gedanken und deckte schnell den Tisch. In einer Stunde musste sie in der Gaststätte sein.

Während des Essens grübelte sie darüber nach, wie froh die Kinder wohl wären, wenn sie abends zu Hause bleiben könnte. Glücklich war sie aber darüber, dass Jens mit seinen Fünfzehn Jahren liebevoll für die jüngeren Geschwister sorgte und abends auf sie aufpasste. Diese Tatsache und der Umstand, dass sie nicht jeden Abend weg war, entlastete ihr unverschuldet schlechtes Gewissen. Sie brauchte jedoch diesen Nebenverdienst, wollte sie den Kindern auch nur das Nötigste zukommen lassen. An sich selbst dachte sie zuletzt.

Immer wieder wurde sie wehmütig, wenn sie an die vergangenen Adventswochen dachte. Jeder Spaziergang durch die Stadt wurde zur Qual. Prall gefüllte Schaufenster boten alles, was das Herz begehrte. Schmerzlich erinnerte sie sich an die plattgedrückten Nasen und die brennenden Blicke der Kinder, die sich förmlich durch die Glasscheiben bohrten. Zurück blieb ein Hauch von Sehnsucht. Immer musste sie NEIN sagen und auf das Christkind verweisen. Dabei wusste sie genau, dass fast alle Wünsche unerfüllt bleiben würden. Dann tröstete sie sich mit den vielen Obdachlosen, die in der weihnachtlich geschmückten Hauptgeschäftsstraße ihr Dasein fristeten. Einmal hatte Mona in ihrer kindlichen Unbekümmertheit ein Fünfmarkstück, das sie wie ihren Augapfel hütete, in den Hut einer älteren Frau geworfen. Dora hörte sich wieder sagen: „Du bist heute aber großzügig!" Mona blickte zu ihr auf und antwortete: „Warum denn, Mami, wir haben doch so viel und diese arme Frau hat nichts!" Dora hatte sie danach in den Arm genommen und heftig an sich gedrückt.

Sie erwachte aus ihrer Lethargie und rief: „So, Kinder, jetzt aber ab ins Bett! Jens bleibt bei euch wie immer! Mutti ist bald wieder da!"

Sie schleppte Mona ins Bad, wusch sie und zog ihr den Schlafanzug an. Mona war noch zu klein, um sich selbst zu versorgen. Jörg und Karin, die acht und zehn Jahre alt waren, brauchten keine Hilfe mehr.

„Jens!" rief sie im Hinausgehen, „melde dich bitte, wenn etwas sein sollte. Ich denke an euch!" Dann ging sie schnell davon.

Es war bereits dunkel. Der Wind trieb ihr naßkalten Schnee ins Gesicht. Als sie an der alten Dorfkirche vorüberging, hörte sie weihnachtliche Orgelmusik, deren friedvoller Klang ihr Herz berührte. Sie zog das Kopftuch fester und neigte sich vornüber, um so den kalten Flocken zu entgehen.

Daher sah sie auch sofort den rechteckigen Gegenstand vor ihren Füßen, über den sie fast gestolpert wäre. Sie bückte sich und hob ihn auf. Es war eine Brieftasche, die ihr nass und klamm in den Händen lag. Interessiert schaute sie hinein.

Was sie sah, verschlug ihr den Atem. Der Inhalt bestand aus einem Bündel großer Geldscheine, die von einer Banderole zusammengehalten wurden. Unter dem milchig trüben Licht einer Straßenlaterne zählte sie das kleine Vermögen. Es waren genau Zehntausend Mark. Außerdem waren Personalausweis, Führerschein und diverse andere persönliche Papiere des Verlierers vorhanden.

Vor ihrem geistigen Auge spulte blitzschnell ein Film ab, in dem sie sich einen gebrauchten Computer für Jens und Roller-Skates für Jörg und Karin kaufen sah, die sie sich so sehnlichst wünschten. Außerdem würde die dringend notwendige Zahnspange für Mona erschwinglich werden. Die von der Krankenkasse verlangte Zuzahlung hatte sie bisher nicht aufbringen können.

Als sie wieder klar denken konnte, überlegte sie, ob sie das Geld behalten oder an den Verlierer zurückgeben sollte. Sie kämpfte mit sich und beschloss, zunächst mal ihre Arbeit zu beenden und morgen früh eine Entscheidung zu treffen. Da sie ihr Leben lang eine ehrliche Haut war, hätte sie sich sofort zur Rückgabe entschließen müssen. Dass dies nicht ihr erster Gedanke war, stimmte sie nachdenklich. Sie entschuldigte ihre Unentschlossenheit aber mit der Sorge um die Kinder. Der beschützende Mutterinstinkt behielt vorerst die Oberhand.

Unterdessen hatte der Verlierer den Verlust seiner Brieftasche bemerkt. Fred Borchert saß in seinem eleganten Büro im zehnten Stock eines Hochhauses hinter einem riesigen Schreibtisch. Er war klein, untersetzt, und mindestens zwei Zentner schwer. Seine Augen hatten einen kalten Ausdruck, der durch die stahlblauen Pupillen noch verstärkt wurde. Der protzige Brillantring am kleinen Finger, die goldene Krawattennadel und die teure Rolex am linken Handgelenk ließen seinen Reichtum nur erahnen. Er leitete ein riesiges Industrieunternehmen und hatte dieses nur durch seinen krankhaften Geiz und die Ausbeutung seiner Angestellten zur Blüte gebracht. Der Gedanke an den Verlust der Brieftasche machte ihn rasend. Er verfluchte seine Nachlässigkeit, konnte sich jedoch nicht erklären, wie und wo er die Brieftasche verloren hatte. Insgeheim hoffte er aber, dass sich ein ehrlicher Finder melden würde. Er bediente die Sprechanlage. Seine Sekretärin, eine blasiert wirkende Blondine, stöckelte herein. „Sie wünschen, Herr Direktor?" flötete sie mit einem süffisanten Lächeln um die Mundwinkel. „Ich habe meine Brieftasche verloren", bellte Borchert. „Rufen Sie das Fundbüro an und fragen sie dort nach. Aber ein bißchen dalli!" Ungerührt ging sie hinaus, nachdem sie noch in barscher Weise den vermutlichen Ort des Verlustes erfahren hatte. Sie war die unkontrollierten Ausbrüche ihres Chefs seit Jahren gewohnt. Das fürstliche

Gehalt, das er ihr zahlte, ließ sie aber so manche Demütigung ertragen.

Dora hatte sich am nächsten Morgen dazu durchgerungen, das Geld zurückzugeben. Sie brachte es nicht übers Herz, es zu behalten. Eine große Rolle spielte bei ihrer Entscheidung der Umstand, dass es sich bei dem Verlierer um jemanden handeln konnte, der das Geld ebenso nötig brauchte wie sie selbst. Vielleicht hatte er lange gespart und wollte damit ein größeres Weihnachtsgeschenk erwerben? Ein gutes Gewissen bedeutete ihr mehr als alles Geld der Welt. Auch das bevorstehende Christfest trug zu ihrem Entschluss bei. Bedauerlich war nur, dass die Kinder nun wieder auf einiges verzichten mussten.

Sie suchte Borchert in seinem luxuriösen Glaskasten auf, nachdem ihr die Haushälterin dessen Aufenthalt mitgeteilt hatte. Sie nannte der aufdringlich geschminkten Sekretärin den Grund ihres Besuches und wurde zunächst in einen feudal eingerichteten Raum verwiesen. Antike Stühle, wertvolle Teppiche und Originalölgemälde in schweren Rahmen bildeten das Ambiente. Ihr verschlug es die Sprache, war sie doch eine solche Umgebung nicht gewohnt.

Dann wurde sie zu Borchert vorgelassen.

Er nahm die Nachricht äußerlich ungerührt auf, insgeheim freute er sich aber, dass sich seine Hoffnung auf die Ehrlichkeit einiger in seinen Augen dummer Menschen erfüllt hatte. Trotz seines Geizes entschloss er sich schweren Herzens, einen kleinen Finderlohn zu zahlen. Er drückte Dora Fünfzig Mark und als Zugabe ein Lotterielos in die Hand. Er spielte schon seit Jahren und hatte hin und wieder einen nicht nennenswerten Geldbetrag gewonnen. Daher schien ihm diese Geste weitaus billiger, als mehrere Hundert Mark Belohnung zu verplempern. Er wollte aber wenigstens den Schein wahren.

Dora freute sich zunächst darüber, wurde aber auf dem Heimweg immer nachdenklicher. Rückwirkend ging ihr der ganze Pomp und Prunk des Büros durch den Kopf. Waren Fünfzig Mark Finderlohn nicht lächerlich? Wie viel mehr waren Zehntausend Mark und was hätte sie damit anfangen können? Sie ärgerte sich plötzlich, dass sie wieder die Dumme war. Glück hatten immer nur die anderen. Wieder einmal rückte die Welt der Schönen und der Reichen in den Mittelpunkt. Alle Medien berichteten täglich darüber. Das war es, was heutzutage galt. Es wurde alles glorifiziert, was nur den Hauch von Glimmer besaß. Was dahintersteckte, mit welchen Mitteln gearbeitet, ob Menschen betrogen und belogen oder ausgebeutet wurden, interessierte kaum jemanden. Hauptsache die Einschaltquoten und die Gazettenauflagen stimmten. Dagegen waren humanitäre Engagements Nebensache. Wer wollte schon wissen, was eine Krankenschwester, soziale Einrichtungen oder gar eine alleinerziehende

Mutter leisteten. Das zählte nicht. Alles Gauner, Lügner und Ehebrecher! Im Formel Eins- und Tenniszirkus, beim Fußball und Showbusiness wurden ohne Skrupel Millionen verdient. Auf der Schattenseite schufteten Millionen für einen Hungerlohn, andere starben den Hungertod. Was war das eigentlich für eine Welt? Alles stand Kopf. Überall zu wenig und zu viel.

Zu dieser Spaßgesellschaft zählte auch Borchert. Dora hasste plötzlich dieses ganze verlogene Getue, besann sich aber dann und war froh, sich damit nicht identifizieren zu müssen. Sie war ihrem Gewissen gefolgt und hatte das zurückgegeben, was ihr nicht gehörte.

Einige Tage waren verstrichen und das Weihnachtsfest vorüber. Sie hatte mit ihren Kindern trotz der bescheidenen Möglichkeiten eine friedvolle Zeit im engsten Familienkreis verbracht. Ihre Eltern und Schwiegereltern hatten sie nach besten Kräften unterstützt. So wurde es für sie und die Kinder etwas leichter, nach dem Tod des Mannes und Vaters die Tage zu überstehen. Das Lotterielos hatte sie schon vergessen. Um so erstaunter war sie, als der Postbote kurz nach Neujahr einen Einschreibebrief brachte, der den Absender einer Lotterie-GmbH trug. Sie wunderte sich darüber, dann fiel ihr die mögliche Bedeutung des Schreibens ein. Zitternd öffnete sie den Umschlag und erfuhr, dass sie Zehntausend Mark gewonnen hatte. In ihren Ohren rauschte es. Sie war nicht fähig, einen klaren Gedanken zu fassen. Was war geschehen? Sie hatte gewonnen? Kaum zu fassen! Hatte es das Schicksal einmal gut mit ihr gemeint? Vielleicht lohnte es sich doch, ehrlich durchs Leben zu gehen.

Plötzlich erinnerte sie sich an das Vorwort zu Henry Morton Robinsons großem Roman „Der Kardinal", den sie gerade las. Der Autor ließ den Leser wissen, dass die Handlungsfäden von einem gewoben wurden, der die Welt beobachtet hat und dennoch davon überzeugt war, dass trotz allen Übels, welches uns umgibt, Glaube, Hoffnung und Erbarmen jene beseelen, die guten Willens sind.

Ein Nikolaus auf Abwegen

Am frühen Abend des 5. Dezember war ich mit meinem Knecht Ruprecht als Nikolaus auf Abruf auf dem Weg zu einem kleinen Mädchen, dessen Mutter um unseren Besuch gebeten hatte.

Meine Gefühle waren trotz der bereits vorherrschenden Routine etwas zwiespältig, wusste ich doch, dass der Vater kürzlich die Familie verlassen hatte und zu einer anderen Frau gezogen war. In dem kleinen Ort, in dem ich lebte, sprach sich so etwas natürlich schnell herum. Zudem hatte mich die Mutter auf die für das Kind unglückliche Situation kurz vor Weihnachten hingewiesen und um ein paar aufmunternde Worte gebeten.

Als wir das Haus betraten und ich die Kleine sah, spürte ich sogleich die Not, in der sie sich befand. Nach ein paar freundlichen Worten bat ich sie, mir doch etwas aus ihrem Leben zu erzählen. Ich ahnte, dass sie etwas auf dem Herzen hatte, sich aber nicht traute, es auszusprechen. Doch dann berichtete sie mir, dass ihr Vater weggegangen sei und ein Richter sie morgen fragen werde, mit wem sie am liebsten zusammenleben wolle. Sie wisse es aber nicht und habe doch beide Elternteile lieb. Ich versuchte, sie zu trösten und fragte anschließend, ob sie denn einen besonderen Wunsch an den Nikolaus habe. Spontan antwortete sie, dass sie mir vertraue und ich sie am nächsten Tag zum Gericht begleiten solle. Dann würde sie wohl alles richtig machen. Für einen Moment war ich sprachlos.

Ganz abgesehen davon, dass ich am nächsten Tag wieder zur Arbeit musste, war ich mir auch nicht sicher, ob ich in den Nikolausgewändern vor Gericht erscheinen durfte. Was würde die Gegenpartei, was der Richter sagen?

Meine Gedanken überschlugen sich.

Die Kleine schaute mich erwartungsvoll an, und ich las eine stumme Bitte in ihren Augen.

Einem impulsiven Wagemut folgend, schob ich alle Bedenken beiseite und sagte zu.

Die Augen des Kindes strahlten. Beim Abschied flüsterte ich der bestürzt dreinschauenden Mutter zu, dass ich den Versuch wagen wolle. Ich wusste nicht, worauf ich mich eingelassen hatte, vertraute aber der Tatsache, dass Richter auch nur Menschen sind.

Den weiteren Verlauf der Geschichte will ich so erzählen, wie ich ihn aus den mir von der Kleinen später geäußerten Nöten und Empfindungen vor Gericht in Erinnerung habe.

Unerbittlich tickte die alte Uhr hoch an der Wand des düsteren Gerichtsflurs. Die Kleine saß stumm auf einer Holzbank und hatte Mühe, ihre innere Erregung zu verbergen. Neben ihr saß die Mutter, gegenüber stand der Nikolaus, dessen Anwesenheit ihr Mut einflößte. Sie war froh, dass er ihrer gestrigen Bitte entsprochen hatte. Am Ende des Flures leuchtete ein prall geschmückter Weihnachtsbaum und erhellte die dunkle und angespannte Atmosphäre.

Um zehn Uhr, hatte die Mutter gesagt, werde ein Richter sie fragen, ob sie lieber beim Vater oder bei ihr leben wolle und wen sie am liebsten habe. War das überhaupt eine Frage? Sie hatte doch beide lieb. Warum sollte sie das einem fremden Mann erzählen? Was war das überhaupt für ein Mann? Was war ein Richter? Sie wollte mit niemandem darüber reden, was in ihr vorging. Ihr größter Weihnachtswunsch war, dass Papa und Mama wieder zusammenfinden und alles so wie früher werden würde.

Dann tauchten in der Erinnerung die Nachmittage auf, an denen sie bei ihren Großeltern im Garten umhergetollt war und sich dabei glücklich und geborgen gefühlt hatte, insbesondere dann, wenn sie Opas volles weißes Haar zerwühlen durfte und er dann im Spaß mit ihr schimpfte. All diese Gedanken rasten wie im Zeitraffer durch ihr kleines Köpfchen, und sie spürte kaum wie sie am Arm gepackt und von der harten Bank gezogen wurde.

„Komm, Marie!" drang die Stimme der Mutter wie aus weiter Ferne an ihr Ohr, und eine plötzlich auftretende Furcht befiel sie.

Die schwere Tür öffnete sich und sie wurde hindurchgeschoben. Sie sah einen breiten, querstehenden Tisch, dahinter fünf Stühle, von denen der mittlere etwas über die anderen hinausragte. Hoch oben an der Wand prangte ein mächtiges Holzkreuz. Darunter, auf dem großen Stuhl in der

Mitte, nahm ein älterer weißhaariger Mann Platz und schaute sie freundlich an. Er wedelte mit einem Blatt Papier, als wolle er die verbrauchte Luft vertreiben.

„Weißt du, Marie", begann er unvermittelt, und sie war erstaunt, dass er ihren Namen kannte, „ich möchte ein bißchen mit dir plaudern, und dafür ist dieser Saal viel zu groß."

Marie ließ ihren Blick umherschweifen, und sie kam sich zusehends einsamer und ängstlicher in dem großen Raum vor.

Der Mann strich sich eine weiße Haarsträhne aus der Stirn und fuhr fort: „Lass uns in mein Zimmer gehen, da ist es viel gemütlicher und wärmer. Du brauchst aber keine Angst zu haben, denn deine Mama wartet draußen vor der Tür auf dich."

„Der Nikolaus muss aber mitkommen dürfen, sonst sage ich gar nichts!" rief sie verzweifelt und streckte ihre Hände aus. Verdutzt blickte der Richter auf und sah den Nikolaus in der Tür stehen. Instinktiv erfasste er die Zusammenhänge und nickte unmerklich mit dem Kopf. Er war offenbar einverstanden. Dann stand er auf und ging auf Marie zu. Einem plötzlichen Impuls folgend, schmiegte sie sich fest an den Nikolaus und ergriff seine Hand. Dann betraten sie gemeinsam das Zimmer des Richters. Der Nikolaus setzte sich auf einen Stuhl in der Ecke und nickte ihr aufmunternd zu.

„Vielleicht willst du mir ja erst mal was von zu Hause erzählen, von deinem Zimmer und deinen Spielkameraden", begann der Richter freundlich. „Oder hast du einen besonderen Wunsch an das Christkind, den du mir verraten willst? All das interessiert mich."

Er hielt inne und suchte nach seinem Taschentuch. Als er ihr die aufkommenden Tränen abwischte, fasste sie plötzlich Zutrauen zu dem Fremden. Zögernd schaute sie sich in dem Zimmer um und wunderte sich, wie behaglich ihr zumute wurde. Der weißhaarige Mann, der ohne den schwarzen Mantel gar nicht mehr so bedrohlich wirkte, vermittelte ihr eine wohlbekannte Vertrautheit. Auf dem Schreibtisch stand ein kleiner Weihnachtsbaum mit roten Kerzen und weißen Engeln, der sie wieder an das bevorstehende Christfest erinnerte.

„So, Marie!" fuhr der Richter fort und setzte sich ihr gegenüber. „Jetzt erzähl' mir mal, was du tagsüber so alles machst und was dir daran besonders gefällt."

Wieder nahm er ihre Hand und ließ sie nicht mehr los.

Von einer spontanen Mitteilsamkeit erfüllt, berichtete sie ihm von der Schule, die sie im zweiten Jahr besuchte, von ihren Freunden und ihren Schmusetieren, die alle in ihrem Bett schlafen durften. Sie vergaß auch nicht zu erwähnen, dass sie, wenn die Mutter zur Arbeit war, den Nachmittag bei ihren Großeltern verbringen durfte.

Geduldig hörte der große Mann zu, und sie wurde immer mutiger. Sie erzählte alles, was ihr gerade einfiel, und es machte ihr auf einmal ungeheuren Spaß. Sie freute sich, dass ihre Angst dank der Anwesenheit vom Nikolaus verflogen war. Hin und wieder bemerkte sie, wie ein verstohlenes Lächeln um die Lippen des Richters spielte, und eine wohlige Wärme durchströmte sie. Dann sprach sie ihren größten Weihnachtswunsch aus, nämlich dass der Papa wieder zu ihnen zurückkehren solle.

Wieder ordnete der Richter sein volles weißes Haar. Etwas nachdenklich sagte er: „Wie du weißt, Marie, hat das Leben neben vielen schönen Dingen auch unangenehme Seiten, mit denen man fertig werden muss. Nicht alle Wünsche gehen in Erfüllung."

Er blieb vor ihr stehen und schaute sie liebevoll an.

„Genau darüber wollte ich mit dir sprechen. Deine Eltern können nicht mehr zusammenbleiben, weil sie sich nicht mehr lieb haben. Genau wie Kinder auf einmal ihre Freunde oder ihre Spielsachen nicht mehr mögen, haben auch Erwachsene plötzlich andere Wünsche."

Er hielt inne und setzte sich neben sie.

„Weil aber bei gern mit dir zusammen sind und dich lieb haben, du aber nur bei einem von ihnen wohnen kannst, muss nun ich als Richter diese Frage entscheiden. Das ist auch für mich nicht leicht. Willst du mir ein wenig dabei helfen?"

Er schaute sie erwartungsvoll an und bemerkte, wie ihr Blick hilfesuchend zum Nikolaus hinüberwanderte und der ihr erneut aufmunternd zunickte.

„Ja, ich will dir dabei helfen!" sprudelte es aus ihr heraus, und seine Gesichtszüge entspannten sich.

Wieder kamen ihr die schönen Nachmittage bei ihren Großeltern in den Sinn, und plötzlich erkannte sie, als ihr die weißen Haare des Richters deutlich bewusst wurden, an wen er sie erinnerte. Sie konnte den unbändigen Wunsch kaum noch unterdrücken, mit ihren Händen den wallenden Haarschopf dicht vor ihr zu durchwühlen und zuckte erschrocken zurück. Sie blickte nochmals zum Nikolaus hinüber und plötzlich wusste sie, bei wem sie gerne leben würde. Sie sagte es frei heraus, und ein glückliches Lächeln erschien auf ihrem kleinen Gesicht.

Damit war meine Mission beendet. Marie hatte ihre Entscheidung getroffen, und vielleicht war ihr dies durch meine Anwesenheit etwas leichter gefallen. Der Richter übertrug das alleinige Sorgerecht der Mutter. So war zum Wohle des Kindes gewährleistet, dass es seinem Wunsch entsprechend jeden Nachmittag mit den Großeltern verbringen konnte.

Als wir das Gerichtsgebäude verließen, nahm sie erneut meine Hand. Ich spürte den sanften Druck, der mehr als alles andere ihre Dankbarkeit zum Ausdruck brachte. Die Mutter war glücklich, dass die Querelen um die Übertragung des Sorgerechts nun endlich vorbei waren und Marie ein einigermaßen normales Leben beginnen konnte.

Ich versprach der Kleinen, im nächsten Jahr wiederzukommen, um ihr, wenn möglich, einen neuen Wunsch zu erfüllen. Nie werde ich die strahlenden Augen des Mädchens vergessen. Vielleicht war dies das schönste Weihnachtsgeschenk, das ich einem Kind als Nikolaus auf Abruf je machen konnte.

Der Fan

Die Autoschlange schien unendlich. Seit einer Stunde steckte er schon im Stau.

Die Zufahrt zu der riesigen Konzerthalle war hoffnungslos verstopft. Dichte Abgaswolken waberten zum Himmel und hüllten den ohnehin neblig-trüben Abend in ein gespenstiges Licht.

Die schlanken Finger der Scheinwerfer fraßen sich in das Heck des vorderen Fahrzeugs und ließen die Insassen hinter den beschlagenen Scheiben nur schemenhaft erkennen.

Wie hatte er auf diesen Abend gewartet. Bereits seit Monaten war das Konzert des berühmten Sängers angekündigt und nach wenigen Stunden ausverkauft.

Es war ihm gelungen, am ersten Tag in aller Frühe bei Öffnung der Vorverkaufsstelle eine Karte zu ergattern und dem zu erwartenden großen Andrang zuvorzukommen.

Tag für Tag betrachtete er die Eintrittskarte und hütete sie wie einen Schatz. Schallplatten und CDs häuften sich auf den Regalen seines Zimmers, immer wieder gehört, um mit der illusionsträchtigen leichten Muse dem Alltag zu entfliehen.

Endlich war es soweit. Der Tag des Konzerts war gekommen. Alles in ihm fieberte. Die Gewissheit, den berühmten Star heute wieder hautnah zu erleben, bescherte ihm ein nervöses Kribbeln, das im Magen begann und sich langsam im ganzen Körper ausbreitete. All das Lampenfieber, das seinem Idol in zahlreichen Medienberichten angedichtet wurde, schien sich auf ihn zu übertragen, so, als müsse er gleich selbst ins Rampenlicht treten.

Wieder bewegte sich die Blechlawine einige Meter vorwärts. Erneuter Stop. Im Gegensatz hierzu drehte der Sekundenzeiger ungehindert die Runde und trieb die Uhrzeit unaufhaltsam voran.

Nur nicht zu spät kommen! Nichts war ihm verhasster, als in eine begonnene Veranstaltung zu platzen. Er wollte vorher Atmosphäre schnuppern, die vom Band dröhnenden Einstimmungssongs hören, Programme und Poster für spätere Autogramme erwerben, das nervöse Getuschel des Publikums mitbekommen, die hastigen, schnellen Toilettenbesuche, all die Aufregung vor dem Konzert erleben.

Diese Milieustudie schien jedoch in Gefahr zu geraten. Verfluchter Scheißverkehr! Aber wem sollte er die Schuld geben? Alle hatten dasselbe Ziel.

Endlich wurden wieder einige Meter gewonnen. Die Schlange kroch vorwärts, unsichtbar geschoben.

Da, eine Parklücke! Nichts wie rein, endlich!

Er spürte erneut, wie sich sein Magen zusammenzog. Das schweißnasse Hemd klebte am Rücken. Fröstelnde Schauer schüttelten ihn.

Das Foyer der Konzerthalle zeigte sich so, wie er es aus unzähligen Veranstaltungen dieser Art kannte, unauslöschlich in sein Gehirn gebrannt. Gutgewachsene Girls in kurzen Röcken, tiefdekolletiert, teils allein, teils in Begleitung ihrer Lover, sogenannter Mitgeschleppter, denen die Begeisterung ihrer Freundinnen für diesen prominenten Geschlechtsgenossen nicht recht geheuer war. Damen fortgeschrittenen Alters, elegant und wohlfrisiert, bereit, mit ihren Klunkern in der ersten Reihe zu klimpern. Gemischtes Publikum also, von jung bis alt. Lautes Stimmengewirr, übertönt von einem Medley der bekanntesten Melodien, aus denen der Künstler heute sein Programm wählen würde.

Ein Verkaufsstand mit einem Riesenangebot an Tonträgern, Büchern, Postern. Überall hektische Betriebsamkeit.

Er sog alles auf, verloren in sich, plötzlich aufgeschreckt durch die Ankündigung des Veranstaltungsbeginns.

Der Konzertsaal war in gedämpftes Licht getaucht, auf der Bühne ein gläserner Flügel, Parkett und Ränge voll besetzt.

The Show must go on!

Noch drei Minuten, dröhnte es in seinem Kopf, dann geht der Vorhang auf.

Musiker erklommen die Bühne, die ersten Takte, Beifallsrauschen, nervöse Spannung.

Dann der Superstar im grellen Licht.

Die ersten Töne, und die Welt versank. Seine Erregung löste sich nur langsam. Die Identifikation mit seinem Idol begann. Er wähnte sich selbst im Rampenlicht, schwerelos, berauscht vom Beifall der Massen. Erfolg, Geld, Frauen, die ihm zu Füßen lagen. Sein Unterbewusstsein wogte im Rhythmus der Songs. Dann das Schlusslied: „Mein letzter Ton sei wie ein Band, ein starkes Band, das uns verbindet...!"

Atemlose Stille, ein Meer leuchtender Feuerzeuge und Wunderkerzen. Tosender Applaus, Zugaben ohne Ende. Der Star in Schweiß gebadet, Händeschütteln, Unmengen von Blumen und Geschenken.

Dann plötzliches Erlöschen der Scheinwerfer.

Raue Wirklichkeit. Unruhe. Schieben und Drängeln zu den Ausgängen und Garderoben.

Ein Pulk Unentwegter vor der Bühne, die Autogrammjäger. Er selbst darunter, eingekeilt in eine Menschentraube. Wieder Beifall.

Der Star!

Geduscht, gefönt, normale Kleidung. Ein Mensch wie du und ich. Ein paar Worte, Komplimente, Autogramme. Eine begeisterte Frauenstimme: „Ein Wahnsinnstyp"! Ihr Begleiter gequält dreinschauend. Ein kurzes Winken noch. Aus der Traum.

Die Fans mit verklärten Gesichtern, nur mühsam in die Wirklichkeit zurückkehrend. Aufbruch!

Nur er noch allein am Bühnenrand. Versunken in den Anblick des Flügels, in der Dunkelheit einem riesigen Ungeheuer gleich, stumm und bedrohlich ohne den berauschenden Klang der Saiten.

Erinnerungen

Ich erinnere mich noch gerne an einen guten Bekannten meiner Eltern, der von seiner Art her zu den heute selten gewordenen Originalen gezählt werden muss.

Als Priester hatte er von Technik wenig Ahnung, fuhr aber aus beruflicher Notwendigkcit ein Motorrad. Diese Motorräder hatten damals noch richtige Gepäckträger, auf denen man mittels eines Ledergurtes allerlei befestigen und transportieren konnte.

Eines Tages hatte der Pfarrer seine Aktentasche ordnungsgemäß angeschnallt und versuchte nun sein Gefährt in Gang zu bringen. Nichts tat sich. Das Kraftrad bewegte sich keinen Zentimeter vorwärts. Ohne auch nur den Versuch zu machen, dem Hindernis zu Leibe zu rücken, hievte er das Hinterrad hoch und schob das Motorrad in Richtung einer nahegelegenen Werkstatt. Der Meister hatte die Situation sofort erfasst. Lächelnd löste er den Ledergurt, der Aktentasche und Hinterrad gnadenlos zusammenhielt. Ob dieses Ereignis den nachfolgenden Autokauf auslöste oder infolge des fortgeschrittenen Alters ein beheiztes Fortbewegungsmittel nützlicher erschien, wurde nie ganz geklärt.

Nach erfolgreicher Ablegung der Fahrprüfung kaufte der Pfarrer kurze Zeit später einen „Käfer" und nach einigen Wochen wurde die erste größere Fahrt geplant. Zu dieser wurden mein Vater, der als Organist und Religionslehrer engen Kontakt zum Pfarrer hatte, ein Messdiener, der heute selbst Pfarrer in einem Taunusstädtchen ist, und meine Wenigkeit eingeladen. Als wir Buben es uns auf dem Rücksitz gemütlich gemacht hatten, drehte der Pfarrer sich um, deutete mit dem Finger auf jeden von uns und befahl: „Du in die linke und du in die rechte Ecke!"

Diese Anordnung erfolgte zum Zwecke der besseren Sicht durch das ohnehin kleine Rückfenster. Die Fahrt begann und das Auto bewegte sich zunächst langsam, fast auf der rechten Grasnarbe der unbefestigten Straße, vorwärts. Nach kurzer Zeit hatte sich eine lange Blechlawine hinter uns gebildet. Ein Überholen war wegen der kurvenreichen Strecke unmöglich. Als wir nun links abbiegen mussten, brauste der erste Wagen an uns vorbei. Der Fahrer tippte sich wütend an die Stirn und gestikulierte wild in der Luft herum.

„Was will der Kerl?" fragte unser Chauffeur, dem die heftige Handbewegung nicht entgangen war.

„Ach, der hat uns nur gewunken!" antwortete mein Vater lakonisch, da er die Unsicherheit des Pfarrers nicht noch fördern wollte.

Kurz darauf fragte der Messdiener neben mir: „Herr Pfarrer, fährt das Auto auch schneller?"

„Dummer Bub!" brauste der Angesprochene auf. „Meinst du, ich will nicht mehr nach Hause kommen?"

An einer unübersichtlichen Kreuzung mussten wir rechts abbiegen. Plötzlich kam ein Wagen in voller Fahrt auf uns zu. Beide Fahrzeuge bremsten abrupt und die Fahrer schauten sich wütend an. Nun stellte sich heraus, dass der Kontrahent ein Studienkollege unseres Pfarrers war, der ganz in der Nähe seinen seelsorgerischen Aufgaben nachging. Er stieg aus dem Auto, grüßte und unterhielt sich längere Zeit mit uns.

Dann sagte er zu seinem Kollegen: „So, Karl, dann fahr mal los."

„So einfach ist das nicht", entgegnete der Pfarrer. „Ich muss jetzt drei Dinge auf einmal beachten: Kupplung kommen lassen, Handbremse lösen und Gas geben."

Da die Straße etwas anstieg, war die Situation noch schwieriger. Nach einigen Hopsern stand der Wagen wieder.

„Noch mal von vorn", versuchte der Bekannte zu helfen. Der Wagen ruckte und setzte sich langsam in Bewegung.

„Drücken Sie drauf, Herr Dekan, er läuft!" rief mein Vater und tatsächlich gelang es uns, die Fahrt fortzusetzen.

Das Schicksal nahm jedoch seinen Lauf.

Die Straße schlängelte sich kurvenreich durch einen dichten Wald. In den ersten Biegungen tauchte jedes mal ein Auto auf, das ziemlich schnell und dicht an uns vorbeischoss und den Pfarrer fast in den rechten Straßengraben drängte. Das wiederholte sich mit einer solchen Regelmäßigkeit, dass der Pfarrer beim Anblick eines jeden

Autos erbost ausrief: „Siehst du, da ist er wieder!"

Als wir uns fast unserem Ziel genähert hatten, kam die nächste Schwierigkeit. An einer Kreuzung wussten wir nicht weiter. Am Straßenrand standen drei Frauen, deren Ortskenntnisse herangezogen werden sollten. Mein Vater wurde beauftragt, die Erkundigung einzuholen. Er stieg aus, ging auf die Frauen zu und hatte die Frage noch nicht gestellt, als unser Pfarrer voller Ungeduld laut rief: „Kommen Sie wieder rein, die wissen ja doch nichts!"

Die Frauen blickten verdutzt drein, halfen uns dann aber freundlich weiter.

Trotz dieser turbulenten Ereignisse kamen wir heil ans Ziel, wenn dieses zeitmäßig auch bequem mit einem Fahrrad zu erreichen gewesen wäre.

Erfüllt von köstlichen Begebenheiten war auch meine Ministrantenzeit. Unser Pfarrer war ein Mensch, dem nichts schnell genug gehen konnte. Er war immer in Eile und eine Messe dauerte genau fünfunddreißig Minuten. Er erweckte stets den Eindruck, als laufe ihm die Zeit davon. Es begann schon beim Einzug in die Kirche. Kaum hatten die vorderen, noch kleinen Messdiener die Klingel betätigt, erhielten die noch vor den Augen der Gläubigen verborgenen und unmittelbar vor dem Pfarrer schreitenden älteren Ministranten einen so empfindlichen Stoß in den Rücken, dass sie dem Altar förmlich entgegenflogen.

Zweckmäßigerweise war es notwendig, beim Stufengebet dicht an den Priester heranzurücken, um den schnell geführten lateinischen Dialog akustisch zu verstehen und beim entsprechenden Einsatz sofort antworten zu können.

Das führte dazu, dass mancher auf den bis zum Boden reichenden priesterlichen Gewändern kniete und den Pfarrer in seiner Bewegungsfreiheit erheblich einschränkte. So geschah es auch mir, was mit den deutschen Worten: „Rückst du zur Seite, du Kamel" sofort geahndet wurde.

Nach der Lesung war das Messbuch von der rechten auf die linke Altarseite zu tragen. Die Messe wurde noch nach altem lateinischen Ritus gelesen und der Priester wandte den Gläubigen den Rücken zu. Nun musste das Messbuch aber ziemlich in der Altarmitte abgestellt werden, damit der Pfarrer, der dort seinen Platz eingenommen hatte, außer dem Evangelium auch das folgende Hochgebet ablesen konnte. Es waren oft noch junge und unerfahrene Messdiener im Einsatz, die mit dieser Aufgabe völlig überfordert waren. Abgesehen davon, dass sie sich mit dem schweren Buch auf einem massiven Holzgestell vor einem Sturz durch die meist zu langen Chorkleider bei Bewältigung der drei Altarstufen hüten mussten, galt es auch die eben erwähnte Vorschrift zu beachten.

Dieser kleine, unglückliche Ministrant, lief auf seinem Weg nun Gefahr, einen verhängnisvollen

Fehler zu begehen. Er stellte das Buch nämlich so weit auf die linke Seite des Altars, dass selbst Argusaugen die gewiss großen Buchstaben nicht mehr zu lesen vermocht hätten. Mein Vater, der sich zufällig in der Sakristei aufhielt, hörte nun durch das eingeschaltete Mikrofon folgenden Kommentar: „Der stellt das Messbuch ja nach Malmeneich!"

Ortsunkundigen sei erklärt, dass das kleine Dörfchen Malmeneich genau in der Richtung lag und heute immer noch liegt, in der das Messbuch seinen Platz gefunden hatte.

Einmal wöchentlich hielt der Pfarrer den Religionsunterricht selbst in der Schule. Hierzu hatte sich unverhofft ein hoher Würdenträger des bischöflichen Ordinariates angemeldet, um den Unterricht zu verfolgen und auch einige Fragen an die Schüler zu richten. Ein Mitschüler, der durch wenig geeignete Sachbeiträge bekannt war, meldete sich ständig mit gestrecktem Finger. Der Prälat beachtete ihn zunächst nicht. Als er jedoch nicht mehr zu übersehen war, wurde die Lage prekär. Der Pfarrer raunte ungeduldig meinem Vater, dessen Klasse hier geprüft wurde, zu: „Was will denn der Blödmann?"

Mein Vater eilte zu dem Störenfried und fragte: Was gibt es denn so Wichtiges?"

„Herr Lehrer", antwortete dieser unglücklich. „Der Helmut sagt als, ich wär' e doll Hinkel!"

Mein Vater konnte sich das Lachen kaum verkneifen, beruhigte den Beleidigten jedoch und versprach, nach Beendigung der Religionsstunde die Sache zu ahnden.

So kam diese Episode glücklicherweise nicht zu Ohren des Prälaten, worüber sich der Pfarrer dank des tatkräftigen Einsatzes meines Vaters diebisch freute und köstlich amüsierte.

Im Laufe eines Schuljahres kam es vor, dass der Schulrat des öfteren unangemeldete Besuche abstattete, die insbesondere von dem damals amtierenden Hauptlehrer gefürchtet waren. So geschah es an einem ersten Tag nach den Ferien, der mit einem Gottesdienst eingeleitet wurde, dass besagter Schulrat sehr früh erschien und sich am Hinterausgang der Kirche gut sichtbar postiert hatte. Der Pfarrer wandte sich den Gläubigen zu und erblickte die unerwünschte Gestalt. Um meinen in der ersten Bank sitzenden Vater vorzuwarnen, ließ er sich folgendes einfallen. Er fuhr zunächst mit dem liturgischen Ablauf fort und sang: „Dominus vobiscum". Als die Gläubigen den Gruß unmittelbar erwiderten, schaute er meinen Vater an und sagte laut: „Hinten steht der Schulrat."

Mein Vater hatte verstanden und ehe die Gemeinde verstummt war, hatte sich der Pfarrer wieder dem Altar zugewandt.

2

In einem kleinen Ort im Westerwald lebte in der Nachkriegszeit ein Mann, der wegen seiner Beschränktheit hin und wieder für allgemeine Heiterkeit sorgte. Er war bei der Ortsverwaltung als Mädchen für alles eingestellt und hatte unter anderem die Aufgabe, als Gemeindediener die Bewohner über den neuesten Stand der Dinge zu unterrichten.

Gewöhnlich wurden seinerzeit öffentliche Bekanntmachungen noch in der Weise verbreitet, dass sie an verschiedenen Straßenkreuzungen ausgerufen wurden.

Hierzu bedienten sich die zuständigen Gemeindediener einer Schelle, um die Dorfbewohner vor die Tür zu locken. Nach ausgiebigem Gebimmel wurden dann die neuesten Nachrichten verkündet. Besagter Gemeindediener hatte nun den Auftrag, abweichend von dem üblichen Procedere, eine schriftliche Anordnung an der Gemeindetafel anzubringen. Es sollte auf Beschluss des Gemeindevorstands das Gebot ergehen, dass jeder im Ort ab sofort seinen Hund anzubinden habe. Bei einem Verstoß gegen diese Vorschrift wurde die Erschießung des Hundes angedroht. Der Bürgermeister übertrug diese Aufgabe seinem Gehilfen und ließ ihm wegen des Textes freie Hand. Des Formulierens nicht besonders kundig, verfasste dieser dann handschriftlich folgende Anordnung:

„Von heut' Mittag an hat jeder sein Hund anzu-binne. Wer dat net tut wird totgeschosse".

Trotz seiner Beschränktheit bemerkte er nach Anbringung der amtlichen Mitteilung das verhängnisvolle Missverständnis und schrieb darunter: *„Der Hund*!"

Legendär ist auch die angeblich ausgerufene Bekanntmachung: *„Vielleicht, vielleicht is Holzversteigerung; vielleicht, vielleicht auch net".*

Diese Ereignisse wurden von meinem Vater bei vielen Gelegenheiten zum Besten gegeben und ich erinnere mich noch gut daran, wie oft wir darüber lachten.

Mein Vater, der ein begnadeter Erzähler war, zog uns auch dann in seinen Bann, wenn er von lustigen Anekdoten aus seiner Soldatenzeit im zweiten Weltkrieg berichtete. Er hatte diesen Krieg gehasst und nahm den tragischen Ereignissen durch das Herausstellen allzu menschlicher Schwächen ihre Bitterkeit.

So habe er einmal Wache gestanden, als plötzlich ein runder Gegenstand an ihm vorbeigerollt sei. Verdutzt war er der Sache nachgegangen und hatte festgestellt, dass es sich dabei um einen frischen Presskopf handelte, der offensichtlich aus dem Kellerfenster geschleudert worden war. In besagtem Keller wurden für den Nachschub mehrere geschlachtete Schweine zu Wurst und Fleisch verarbeitet und der Obergefreite Beyer, von Haus aus Metzgermeister und nunmehr Küchenbulle, war hierfür zuständig.

Mein Vater ahnte, dass Beyer den Presskopf für sich reserviert und ihn in unbeobachtetem Moment ins Freie befördert hatte. Er würde in Kürze seine Beute in Sicherheit bringen wollen.

Mein Vater schnappte sich die Delikatesse und ging hinter einer großen Tanne in Deckung. Tatsächlich eilte Beyer kurz darauf herbei und suchte verzweifelt nach seinem Wurfgeschoss. Logischerweise war es nirgendwo zu entdecken

„Er muss doch hier irgendwo liegen, das gibt's doch gar nicht, verdammt", fluchte er vor sich hin und suchte weiter die Umgebung ab.

Er ahnte nicht, dass aus sicherer Entfernung die Szenerie beobachtet wurde und gab schließlich sein Vorhaben auf. Mein Vater lachte sich heimlich ins Fäustchen.

Nach Beendigung des Wachdienstes packte er den Presskopf in seinen Koffer. Am nächsten Tag trat er einen mehrwöchigen Heimaturlaub an und so gelangte der Presskopf in heimatliche Gefilde. Dort wurde er von der Familie dankbar verspeist.

Obergefreiter Beyer war als Küchenbulle auch für die Essensausgabe im Freien zuständig. Einmal gab es Nudeln und Gulasch, das den am Küchenwagen vorbeiziehenden Soldaten ohne großes Aufhebens in die Essensbehälter geklatscht wurde. Dies geschah durch eine halb geöffnete

Plane am hinteren Ende des Wagens. Beyer konnte daher nicht sehen, wer gerade sein Essgeschirr hochhielt. Nun war der Kompaniechef an der Reihe, dem ebenso nachlässig der Henkelmann gefüllt wurde. Der Hauptmann bemerkte, dass seine Nudeln nur in einer dünnen Sauce schwammen und ihm kein einziger Fleischbrocken zuteil geworden war.

Er ging zurück und rief: „Beyer!"

Der Küchenbulle erkannte die Stimme seines Vorgesetzten und sein Kopf schoss durch die Öffnung der Plane.

„Herr Hauptmann?"

Dieser sagte lapidar: „Sagen Sie mal, Beyer, wie haben Sie eigentlich den Fleischgeschmack an die Sauce bekommen?"

Beyer wurde hochrot im Gesicht und schwang die Suppenkelle erneut, um dem Begehren seines Vorgesetzten nachzukommen.

Einmal hatte mein Vater eine schwere Angina und wurde in ein Lazarett am Rande einer polnischen Kleinstadt eingewiesen. Dort untersuchte ihn ein Oberstabsarzt und bestätigte die bereits vermutete Selbstdiagnose. Er bekam ein Antibiotika verordnet und wurde zu drei Tagen Aufenthalt in der Sanitätsstation verdonnert. Da er sich langweilte, schlenderte er in die nahegelegene Stadt und traf einen Cousin, der dort bei einer anderen Kompanie diente. Dieser hatte aus dunklen Quellen eine Flasche Wodka ergattert, der sie nun zu Leibe rückten. Nach zwei Stunden war die Flasche geleert und mein Vater kehrte zum Lazarett zurück. Hier ging er nach den späteren Berichten der Krankenschwestern rückwärts die Treppe hinauf und legte sich ins Bett. Er hatte einen quälenden Durst. Weit entfernt hörte er jemanden husten.

„Kamerad!" rief er krächzend. „Hast du was zu trinken?"

Die Antwort kam prompt.

„Du versoffene Sau, warte nur, bis der Stabsarzt morgen kommt, dann kannst du was erleben."

Am frühen morgen rief ihn eine Krankenschwester zu sich und ließ ihn in einen Spiegel schauen. Was er sah, erschreckte ihn. Das Gesicht war blutverkrustet, ein Brillenglas fehlte, das andere war gehörig zerkratzt. Er musste wohl auf dem Nachhauseweg Bekanntschaft mit dem Straßengraben gemacht haben und schwer gestürzt sein.

Nach kurzer Zeit erschien der Oberstabsarzt und schaute ihm in den Hals.

Dann rief er einen Kollegen und bat ihn, noch einmal genau nachzuschauen. Als dieser ihn anschließend verblüfft ansah, sagte er: „Es ist nicht zu glauben. Gestern hatte der Kerl noch eine Mords-Angina. Heute ist nichts mehr zu sehen."

Er blickte meinen Vater an und sagte: „Eigentlich müsste ich sie ja bestrafen, weil sie sich unerlaubt von der Krankenstation entfernt haben. Aber so wie sie aussehen, sind sie bestraft genug."

Dann sei er schmunzelnd davongegangen. Wundersamerweise hatte der Alkohol entgegen seinem ursprünglichen Zweck eine besondere medizinische Nebenwirkung entfaltet.

So könnte ich in meinen Erinnerungen fortfahren, will es aber für den Augenblick nur bei dieser kleinen Auswahl belassen.

Ordnung ist der halbe Knast

Die Empfangshalle des vornehmen Hotels Excelsior glich einem Ameisenhaufen. Die Angestellten an der Rezeption mühten sich vergeblich, den riesigen Andrang zu bewältigen.

Ein aufgeregter kleiner Mann mittleren Alters versuchte, sich einen Weg durch das Getümmel zu bahnen. Sein Gesicht war verzerrt und vor Zorn gerötet. Durch sein ungewöhnliches Verhalten zog er die Aufmerksamkeit der Umstehenden auf sich.

„Hilfe, ich bin bestohlen worden!" schrie er. „Mein Geld, meine Uhr, alles ist verschwunden!"

Wie ein Blitz schoss der Hauptempfangschef hinter seinem Tresen hervor. Er packte den Mann am Arm und schob ihn durch die Tür seines Büros.

„Seien Sie doch nicht so laut", beschwor er den Gast eindringlich, der völlig außer sich nach Luft rang.

„Es wird sich alles aufklären. Wir sind doch versichert und werden den Schaden regulieren."

„Was nützt mir das", jammerte das Männlein. „Die Uhr ist ein Erbstück meines Vaters und unersetzlich."

„Nun bewahren Sie doch Ruhe", versuchte der Chefportier einzulenken. „Wir werden eine für alle Beteiligten erträgliche Regelung finden. Zunächst muss ich aber den Direktor verständigen.

Der Direktor war alles andere als erfreut, als er über den Vorfall informiert wurde. Das Hotel lebte von seinem guten Ruf. Ein Diebstahl in seinen Haus war unfassbar.

„Soll ich die Polizei verständigen, Herr Direktor?" fragte der Chefportier, und ordnete einige auf seinem Schreibtisch wahllos herumliegende Papiere.

Der Direktor erhob sich.

„Selbstverständlich!" zischte er. „Wir dürfen keine Zeit verlieren. Der Fall muss rückhaltlos aufgeklärt werden."

Hauptkommissar Schneider vom Diebstahlsdezernat II stieg aus dem Wagen und betrachtete anerkennend die riesige Glasfassade des Hotelkomplexes. Die Sonnenstrahlen brachen sich darin und verstärkten die Wirkung des Gebäudes zusätzlich. Schneider blinzelte und setzte dann eine altmodische Sonnenbrille auf. „Feudaler Schuppen", brummte er, und winkte seinen Assistenten heran.

„Melden wir uns erst mal an der Rezeption, Wagner", fuhr er fort. „Ein gewisser Keller will sich dort mit uns in Verbindung setzen."

Schneider schob den Hut in den Nacken und betrat die komfortable Empfangshalle. Die Temperatur war hier dank der riesigen Deckenventilatoren einigermaßen erträglich. Er warf verstohlen einen Blick in die Runde. Gäste verschiedener Nationalitäten bevölkerten den Tresen; ein Kauderwelsch von Sprachen misshandelte seine Ohren.

„Wir möchten einen Herrn Keller sprechen", wandte er sich an einen Angestellten und zeigte seine Dienstmarke.

„Wenn Sie mir bitte folgen wollen", näselte der Angesprochene und ging auf eine Tür mit der Aufschrift „Büro" zu.

Keller erhob sich sofort von seinem Stuhl, begrüßte beide, und schilderte kurz die Situation.

„Der Direktor erwartet Sie schon", fuhr er fort und stand auf. Er ging zur Tür und rückte im Vorbeigehen ein etwas schief an der Wand hängendes Bild gerade.

„Ich bin außer mir, meine Herren", sprudelte der Hotelchef hervor, als Keller ihn mit den Beamten bekanntmachte. „So was ist in meinem Hotel noch nie geschehen. Können Sie Ihre Ermittlungen diskret führen?"

„Wir werden es versuchen", erwiderte der Kommissar. „Versprechen kann ich allerdings nichts. Schließlich sind einige Personen zu vernehmen und die Presse wird Wind von der Sache bekommen. Zunächst werde ich die Angestellten befragen, die in besagter Etage Dienst hatten. Vielleicht hat der eine oder andere etwas bemerkt."

Er zog sein Notizbuch aus der Tasche und bat um die Namen der in Betracht kommenden Personen.

„Wie heißt der Geschädigte?" wandte er sich abschließend an Keller, der einen besorgten Eindruck machte. „Es ist ein Dr. Meyer, der schon oft hier abgestiegen ist. Die Sache ist uns schrecklich peinlich."

„Das passiert doch immer wieder", beschwichtigte Schneider. „In unserem Beruf wundert uns nichts mehr."

Zwei Minuten nach Mitternacht schlug der Dieb erneut zu. Er öffnete vorsichtig eine Tür und huschte ins Zimmer. Lautlos versuchte er sich zu orientieren. Er benötigte keine Lichtquelle, da mehrere Leuchtreklamen von draußen die Konturen der Einrichtung erhellten. Zielstrebig eilte er zum Nachtschränkchen und öffnete die Schubladen. Er griff in jede einzelne und tastete sie Zentimeter um Zentimeter ab. Plötzlich fiel ihm eine flache Schatulle in die Hände. Es war ein Schmucketui mit mehreren Ringen und einem schweren weißgoldenen Armband. Er entleerte den Inhalt in einen Stoffbeutel und schob das Etui wieder in die Schublade. Dann nahm er sich den Wandschrank vor, in welchem er weitere Wertgegenstände zu finden hoffte. Dabei stolperte er über ein Paar Hausschuhe, die wahllos vor dem Bett lagen. Er schüttelte den Kopf und stellte die Schuhe ordentlich nebeneinander unters Bett. Er öffnete den Schrank, nachdem er ein daran aufgehängtes Kleid abgenommen und pedantisch im Schrank verstaut hatte. Gründlich befummelte er die Kleidungsstücke und griff in jede Tasche. Er fand jedoch außer einer Nerzkrawatte nichts Wertvolles mehr. Den Pelzmantel musste er zurücklassen, da er damit nicht ohne Aufsehen hätte entkommen können. Plötzlich hörte er Schritte und blieb wie erstarrt stehen. Kurz darauf schloss sich die Tür nebenan. Erleichtert atmete er auf. Bevor er das Zimmer verließ, lauschte er nochmals angestrengt. Alles war ruhig. Schnell entledigte er sich seiner Handschuhe, verließ den Raum und sperrte die Tür sorgfältig ab.

Kommissar Schneider war ratlos. Der erneute Diebstahl letzte Nacht deutete darauf hin, dass der Dieb im Hotel wohnen musste. Er hatte die Pagen, Zimmerkellner und die Putzfrauen, die jeweils für das betroffene Stockwerk zuständig waren eingehend befragt. Niemand hatte etwas gesehen, das ihm weiterhelfen konnte. Er beschloss, zunächst die Vernehmung der jetzt Geschädigten durchzuführen. Es handelte sich um eine bekannte Schauspielerin, die ebenfalls Stammgast im Hotel war, und zur Zeit an den Städtischen Bühnen große Erfolge feierte.
„Ist Ihnen irgendeine Besonderheit aufgefallen?" begann er, und beäugte die attraktive Blondine eingehend.
„Nein!" erwiderte diese lapidar und schlug die Beine übereinander. Dabei öffnete sich der Morgenrock und ließ makellos geformte Oberschenkel erkennen.

Schneider hüstelte verlegen und schaute die Künstlerin durchdringend an.

„Ich bin nach der Vorstellung ins Hotel zurückgekommen", fuhr sie fort. „Vor dem Schlafengehen wollte ich die beiden Ringe, die ich trug, in die Schatulle legen. Dabei habe ich den Verlust bemerkt."

„Wusste jemand, dass Sie solch wertvollen Schmuck in Ihrem Zimmer aufbewahren?" bohrte Schneider nach.

„Nein!"

„Bitte denken Sie noch mal genau nach", ließ der Kommissar nicht locker. „Jede Kleinigkeit kann wichtig sein."

„Ich kann Ihnen nicht helfen", säuselte sie und zog die Stirn in Falten. „Merkwürdig war höchstens, dass ein zum Lüften am Schrank aufgehängtes Kleid sich bei meine Rückkehr im Schrank befand. Außerdem konnte ich meine Hausschuhe nicht finden. Sie standen akkurat unter dem Bett."

„Wissen Sie das genau?" hakte Schneider nach.

„Hundertprozentig!"

„Der Täter hat also auch den Schrank durchsucht", brummte der Kommissar gedankenverloren. „Das bringt uns aber auch nicht weiter."

Er bedankte sich für die Auskünfte und versprach, über den weiteren Fortgang der Ermittlungen zu berichten.

Irgendetwas war ihm bei der Vernehmung der Geschädigten aufgefallen. Die Aussagen stimmten in einem Punkt überein.

Er beschloss, erneut den Empfangschef aufzusuchen. Auf dem Weg nach unten traf er seinen Assistenten, den er nochmals zu Dr. Meyer geschickt hatte.

„Haben Sie neue Erkenntnisse gewonnen?" erkundigte er sich interessiert.

„Mit dem Mann ist kaum zu reden", antwortete Wagner. „Der Verlust seiner goldenen Taschenuhr scheint ihm die Sinne verwirrt zu haben. Er faselte ständig etwas von Ordnung und Unordnung. Offenbar hat der Ganove alles durcheinandergebracht."

Schneider schüttelte den Kopf.

„Ich gehe noch mal zu Keller", nuschelte er dann. „Wir treffen uns beim Wagen."

„Haben Ihre Ermittlungen schon Erfolg gehabt?" fragte Keller, und fuchtelte mit seinen langen Armen nervös in der Luft herum. Er wischte sich mit einem Taschentuch den Schweiß von der Stirn.

„Nein, noch nichts Konkretes", antwortete Schneider. „Diese Hitze trocknet einem noch das Hirn aus. Darf ich meine Jacke ausziehen?"

„Aber gern, Herr Kommissar", dienerte Keller.

Schneider nahm das Jackett und hing es an den Türschlüssel des an der Wand stehenden Aktenschrankes.

„Warten Sie, Herr Kommissar!" rief Keller erregt und sprang auf. „Ich gebe Ihnen einen Kleiderbügel. Wissen Sie, ich habe eine fast krankhafte Ordnungsliebe und am Schrank hängende Kleidungsstücke kann ich nun mal partout nicht ausstehen.

Jetzt fiel es Schneider wie Schuppen von den Augen.

Warum war er nicht früher darauf gekommen? Die Betroffenen hatten übereinstimmend ausgesagt, dass die Zimmer nach dem Diebstahl irgendwie aufgeräumt ausgesehen hätten.

Das Kleid, die Schuhe, die Tatsache, dass der Täter im Hotel wohnen musste, weil er die Örtlichkeiten genau kannte. Alles passte zusammen.

Keller war der Täter.

Ohne weiter zu überlegen sagte Schneider: „Herr Keller, ich nehme Sie hiermit unter dem dringenden Verdacht des fortgesetzten schweren Diebstahls hier im Hotel fest."

Keller war so überrascht, dass er zunächst kein Wort herausbrachte.

„Das müssen Sie mir erst beweisen", schnaubte er dann voller Wut.

„Das werden wir, Herr Keller", sagte Schneider hart.

„Verlassen Sie sich darauf!"

Nie wieder Fisch

Drei Tage vor Ostern beauftragte mich meine Frau, einen frischen Karpfen für Karfreitag zu besorgen.

Nur widerwillig machte ich mich auf den Weg, denn ich wusste, was mir bevorstand.

Die Straßen waren voller Menschen, die schwer bepackt mit in letzter Minute ergatterten Lebensmitteln und Geschenken um ihr Leben rannten. Eine erschreckende Konsumgier hatte eingesetzt, so, als sei eine schlimme Hungersnot nicht mehr fern. Viele schauten mit professioneller Gereiztheit aus der teilweise arg ramponierten Wäsche.

Auf dem riesigen Gelände vor dem Supermarkt ereilte mich das erste Problem. Parkplatz und Einkaufswagen: Fehlanzeige!

Einige der Herumstehenden fixierten die aus dem Markt strömenden Kunden mit bösen Blicken, verfolgten sie bis zu deren Autos und rissen ihnen das mühsam entleerte Gefährt förmlich aus den Händen. Schweren Herzens versuchte ich in das Konsumparadies zu gelangen, arg bedrängt von einem Gabelstapler mit leeren Bier- und Limonadenkästen. Aus den zahlreich angebrachten Lautsprecherboxen rieselten verträumte Melodien auf die Heerscharen hernieder, Psychologen zufolge angeblich zur Förderung und Erhöhung der Kaufgelüste unentbehrlich. Ein bereits in feuchtfröhlicher Festtagsstimmung befindlicher Zeitgenosse grölte weinselig vor sich hin.

Langsam schob ich mich vorwärts in Richtung Frischfischtheke. Dort hatte sich bereits eine schier undurchdringliche Menschenmasse versammelt, bereit, den noch fröhlich im Wasser schwimmenden Fischen den Garaus zu machen.

Die ahnungslosen Karpfen in ihrem riesigen Aquarium glotzten dümmlich auf die gefräßige Meute, der im Hinblick auf die Festtage schon das Wasser im Munde zusammenlief.

Eine korpulente Dame mit resolutem Blick versperrte mir die Sicht.

Nach endlosem Warten wurde ich von dem finster dreinblickenden Henker barsch nach meinen Wünschen befragt. Ich stammelte meine Bestellung heraus und wandte mich angewidert ab, um die Hinrichtung des unglückseligen Karpfens nicht mit anschauen zu müssen. Nach einem klatschenden Geräusch riskierte ich ein Auge und bemerkte, dass das Opfer bereits in einer Plastiktüte verschwunden war. Mutig nahm ich den Beutel in die rechte Hand und verließ fluchtartig das Schlachtfeld.

Der Weg zur Kasse war mit weiteren Hindernissen gespickt.

Der mir bereits aufgefallene fröhliche Zecher verkündete seiner Begleiterin gerade lautstark, dass er die Nase voll habe und sie sich einen anderen Wagenschieber suchen solle.

Ich entfernte mich schleunigst aus der Reichweite der Streithähne, hatten sich doch bereits Neugierige versammelt, die den weiteren Verlauf der Kontroverse zu verfolgen gedachten.

Mühsam schlug ich den Weg zur Kasse ein, die mehrere Kilometer entfernt zu sein schien. Eine riesige Menschenschlange hatte sich gebildet.

Die resolute Dame stand an deren Ende, und nahm mir wiederum die Sicht.

Es wurde geschoben und gedrängelt und die Masse wogte.

Ich rückte dicht auf, weil ich von hinten bereits wieder geschoben wurde.

Plötzlich fuhr die Matrone herum und fauchte: „Was fällt Ihnen ein, Sie Lümmel!"

Bei dieser Attacke schielte sie so an mir vorbei, dass ich den sogenannten Lümmel hinter oder neben mir vermutete. Es hatte sich aber im Augenblick niemand mehr angestellt, so dass ich der Tatsache ins Auge sehen musste, unvermittelt in einen Hinterhalt geraten zu sein. Keiner Schuld bewusst, harrte ich der Dinge, die da kommen sollten.

Es dauerte nicht lange, da schrie sie erneut: „Lassen Sie das!"

Ich wagte einen Einwand und erwiderte: „Entschuldigung, aber ich weiß nicht, wovon sie reden?"

Da brach ein Wortschwall aus ihrem Mund, der mich förmlich davonspülte. Sie schaute mich giftig an und Mordlust glitzerte in ihren Augen.

„Sie wissen genau, was ich meine", polterte sie weiter. „Behalten Sie Ihre Finger bei sich!"

Ringsumher entstand eisiges Schweigen. Schadenfrohe Gesichter grinsten hämisch ob der erneuten Abwechslung zu uns herüber.

Jetzt wurde die Sache delikat.

Ich betrachtete meine Hände und sah in der Rechten den Beutel mit dem Karpfen pendeln.

Erst jetzt bemerkte ich, dass dieser heftig mit der Schwanzflosse um sich schlug, die durch ein Loch in der Tüte hervorlugte.

Schlagartig wurde mir klar, dass der Karpfen sich gegen sein Schicksal aufgelehnt und der Dicken mit der Flosse die Kniekehlen bearbeitet hatte.

Offenbar war aber nun sein Widerstand erlahmt, denn er rührte sich nicht mehr.

Hektisch schaute ich mich um, merkte aber, dass das allgemeine Interesse sich gelegt hatte. Um weiteren Schwierigkeiten aus dem Weg zu gehen, schlenderte ich zur benachbarten Kasse und schwor insgeheim, nie wieder Fisch zu essen.

Bis dass der Tod sie scheidet

„Ich werde diesem Flittchen schon zeigen, wer hier gewinnen wird," schrie sie erregt, „das wollen wir doch mal sehen!"

Vera Pasen bebte vor Wut und ihr Augen blitzen ihren Mann böse an.

„Was willst du eigentlich", entgegnete er. „Inge ist eine alte Bekannte, die ich zufällig getroffen habe. Ich verbitte mir deine Unterstellungen."

Vera durchquerte das Zimmer und blieb dicht vor ihm stehen.

„Das soll ich dir glauben?" fauchte sie, blass vor Zorn. „Ich habe genügend Beweise, dass du bei ihr seit langem ein- und ausgehst. Von Unterstellungen kann also keine Rede sein."

„Glaub doch was du willst", warf Arno Pasen verärgert ein. „Mir reicht deine schlechte Laune schon lange."

Sie stritten in den letzten Wochen immer öfter. Es kriselte gewaltig. Pasen hatte Vera viel zu verdanken. Sie war im Gegensatz zu ihm sehr wohlhabend und hatte eine Menge Geld mit in die Ehe gebracht. Er war ein Luftikus und hatte ihr Vermögen regelrecht verschleudert. Seine zahllosen Affären waren Vera bisher verborgen geblieben. Jetzt hatte er den Bogen aber offenbar überspannt.

„Ich werde mich scheiden lassen", drohte sie unvermittelt. „Du kannst dir ausrechnen, was dir und diesem Weibsbild dann noch bleiben wird."

„Mach' was du willst", sagte er. „Mir ist alles gleich."

Er stand auf, ging zur Garderobe und zog den Mantel an. „Ich habe noch was zu erledigen. Es kann spät werden."

„Geh' nur, du Schuft!" schrie Vera. „Die Schlampe kann dir deinen jetzigen Wohlstand ohnehin nicht bieten. Sie lässt sich von dir nur aushalten. Von meinem Geld."

Arno Pasen verließ das Haus. Die Vorhaltungen seiner Frau hatten ihn rasend gemacht. Er wusste nur zu gut, dass sie recht hatte. Inge hatte ihn jedoch so betört, dass er einfach nicht von ihr loskam. Er fuhr ohne Umwege zu ihr.

„Wo bleibst du denn?" fragte sie vorwurfsvoll, und schmiegte sich in ihrem hauchdünnen Nachthemd verführerisch an ihn.

„Ich hatte wieder mal Streit mit Vera. Sie hat offenbar Wind von unserem Verhältnis bekommen."

„Ist sie deutlich geworden?"

„Und wie! Sie hat dich Flittchen und Schlampe genannt."

„Ich meine, weiß sie, wer ich bin?"

„Das glaube ich nicht. Sie sagte aber, dass sie genügend Beweise habe und sich scheiden lassen wolle."

„Na und, dann soll sie eben."

Inge stand auf und ging nachdenklich im Zimmer auf und ab.

„Du hast gut reden", fuhr er erregt fort. „Weißt du, was mir bleibt, wenn es zur Scheidung kommen sollte? So gut wie jetzt geht es uns dann nicht mehr."

„Dann musst du sie halt beseitigen", sagte sie unverblümt.

„Bist du bescheuert?" begehrte er auf und schnappte vor Schreck nach Luft. „An so etwas solltest du nicht mal denken!"

Sie umarmte ihn und redete verführerisch auf ihn ein. Ihre weichen Rundungen und ihr Geruch raubten ihm die Sinne.

„Wenn du es geschickt anfängst, wird nichts herauskommen", gurrte sie und knöpfte ihm langsam das Hemd auf.

„Das kommt nicht in Frage. Das geht zu weit."

Verzweifelt versuchte er seine Begierde zu unterdrücken und wand sich in ihren Armen. In seinem Gehirn hatte es jedoch gefunkt. Die Möglichkeit, ohne finanzielle Einbußen von Vera loszukommen, wurde zur fixen Idee. Mehr und mehr grübelte er darüber nach, wie er seinen Plan in die Tat umsetzen könnte.

Eines Abends kam ihm der Zufall zu Hilfe. Er war gerade nach Hause gekommen. Vera lag bereits im Bett. Es herrschte momentan eine Art Waffenstillstand zwischen ihnen. Er ging zum Kühlschrank, nahm eine Flasche Bier heraus, und setzte sich gemütlich in einen Sessel.

„Arno!" rief Vera plötzlich. „Löse mir bitte zwei Schmerztabletten auf. Es geht mir nicht gut."

Er ging in die Küche, entnahm einem Röhrchen zwei Tabletten und wollte sie in ein Glas geben. Plötzlich durchzuckte ihn der Gedanke, dass jetzt die Gelegenheit gekommen sei. Er zog seinen Schuh aus, und entnahm einem geheimen Versteck im Absatz eine kleine Kapsel, die er sich auf mehreren Umwegen besorgt hatte. Er durchstach die weiche Hülle mit einer Nadel und drückte den farblosen Inhalt in das Glas. Zusätzlich gab er die Schmerztabletten hinein und füllte es mit Mineralwasser auf.

„Bitte, Vera", sagte er zu seiner Frau, die sich halb aufgerichtet hatte, und reichte ihr das Glas. Dann eilte er schnell hinaus. Er hantierte in der Küche und sein Herz klopfte wie toll. Nach einigen Minuten hörte er aus dem Schlafzimmer ein entsetzliches Stöhnen. Schnell schaute er nach und sah Vera reglos in den Kissen liegen. Voller Panik verließ er das Haus.

Kriminalhauptkommissar Westermann zwinkerte seinem Assistenten zu und sagte: „Na, Petersen, dann wollen wir mal."

Sie verließen das Präsidium und eilten zu ihrem Dienstwagen.

„Meinen Sie, dass wir ihn antreffen, Chef?" brummelte Petersen, der von dem nächtlichen Einsatz nicht gerade begeistert war.

„Na klar, der Kerl fühlt sich doch sicher."

„Er könnte sich aber auch abgesetzt haben", ließ Petersen nicht locker.

„Das glaube ich nicht!"

„Na schön", lenkte Petersen ein und schwieg verdrossen.

Nach kurzer Fahrt hatten sie ihr Ziel erreicht. Ein graues, fünfstöckiges Mietshaus ragte finster in den Nachthimmel. Das Treppenhaus, in dem sich allerlei Gerüche vereinigten, war dunkel. Der Kommissar suchte nach einem Lichtschalter. Im zweiten Stock links drückte Petersen auf die Klingel. Eine junge, blonde Frau lugte durch den Türspalt und fragte nach ihren Wünschen.

„Kriminalpolizei!" brummte Westermann. „Ist Herr Pasen zu sprechen?"

„Wer ist denn da?" war eine männliche Stimme zu vernehmen.

„Kriminalpolizei!" rief der Kommissar abermals und schob Inge zur Seite.

„Sind Sie Arno Pasen?"

„Ja, aber was soll das? Was wollen Sie von mir mitten in der Nacht?"

„Ich verhafte sie wegen Mordes an Ihrer Frau", fuhr Westermann ungerührt fort. „Ich mache Sie darauf aufmerksam, dass alles, was sie von jetzt an sagen...!"

„Sie sind wohl verrückt geworden", unterbrach Pasen ihn heftig. „Meine Frau war kerngesund, als ich das Haus verlassen habe. Das muss ein Irrtum sein."

„Das wird sich herausstellen, Herr Pasen. Bitte kommen Sie mit uns."

Es half alles nichts. Pasen zog sich an und verließ mit den Beamten nach einem verzweifelten Blick auf Inge die Wohnung.

„Nun erzählen Sie mal", sagte Westermann, als Pasen ihm in seinem Büro gegenübersaß.

„Es gibt nichts zu erzählen", verteidigte Pasen sich. „Ich habe nichts zu gestehen. Ich bin unschuldig."

„Sie wollten Ihre Frau schon seit langem beseitigen. Geben Sie es doch zu. Wir wissen alles. Seltsam, dass sie die Todesnachricht so ungerührt aufgenommen haben."

„Nein, das ist nicht wahr. Ich verlange sofort einen Anwalt."

Westermann gab seinem Assistenten einen Wink. Petersen ging hinaus und kehrte mit Vera Pasen zurück. Selbstbewusst rauschte sie herein und bedachte ihren Mann mit einem höhnischen Blick.

Pasen fielen fast die Augen aus dem Kopf.

„Vera", stammelte er, wo kommst du denn her?"

„Nicht aus dem Paradies, worauf du vielleicht gehofft hast." Sie setzte sich auf einen Stuhl direkt gegenüber und nahm ihn scharf ins Visier.

„Ich habe schon lange befürchtet, dass du zum letzten Mittel greifen würdest, um mich loszuwerden."

„Aber...", stammelte Pasen und versuchte, seine Fassung wiederzugewinnen.

„Ich habe dich hereingelegt", unterbrach sie ihn heftig. „Dein Giftgemisch habe ich für die Polizei aufgehoben, die ich kurz nach deiner Flucht verständigt habe."

„Ja, Herr Pasen", schaltete sich der Kommissar wieder ein. „Das war glatter Mordversuch. Ihre Fingerabdrücke auf dem Glas und die Aussage ihrer Frau haben Sie entlarvt. Jetzt hat der Haftrichter das Wort."

Arno Pasen senkte den Kopf und ließ sich wortlos abführen. Er wusste, dass er verloren hatte.

Mit wem spreche ich bitte?

Auch im Zeitalter der Handys bediene ich mich des öfteren noch gerne der altehrwürdigen Telefonzelle, bei deren Nutzung man mangels passender Münzen oder einer Telefonkarte aber auch in Not geraten kann. Der Andrang ist zwar dank der Handys nicht mehr groß, will man jedoch mal telefonieren, ist sie mit Sicherheit besetzt.

Eines Nachmittags war es mir nach mehrmaligen Anläufen gelungen, endlich den gewünschten Gesprächspartner zu erreichen.

Die Probleme waren damit jedoch noch lange nicht ausgeräumt, sie begannen erst.

Aus unerklärlichen Gründen war mir plötzlich der Vorname meines guten Bekannten entfallen.

Da er mich ständig in freundschaftlichem Ton mit meinem ansprach und ich die vertraute Unterredung nicht ebenfalls mit seinem bereichern konnte, wurde mir zunehmend heiß in der Zelle.

„Weißt du, lieber Hubert!" tönte es fröhlich durch die Leitung, „es ist schon ein Jammer, dass man sich so selten sieht. Wir sollten uns häufiger treffen und ein wenig über die Leute reden; die reden auch über uns."

Wieder hatte er meinen Vornamen genannt.

Ich überlegte fieberhaft, doch sein Name fiel mir nicht ein. Meine Hand, die den Hörer hielt, wurde langsam schweißnass.

„Ja, da hast du recht...äh!...äh!..." stammelte ich abwesend.

Jetzt wartet er auf seinen Vornamen, dachte ich schweißgebadet. Ob er etwas gemerkt hat? Mir fiel nichts mehr ein.

„Sicher, Hubert (da war es wieder), machen wir doch mal einen Treff zu einem gemütlichen Dämmerschoppen aus."

„Ich rufe dich in den nächsten Tagen noch einmal an", stammelte ich, nun schon ziemlich verärgert über meine Zerstreutheit. Wie konnte ich nur seinen Vornamen vergessen.

Als er mich nun wieder vertraulich ansprach, richtete sich meine zunehmende Gereiztheit gegen ihn, obwohl er doch nichts für meine Vergesslichkeit konnte.

Ich muss seinen Namen herausfinden, dachte ich verzweifelt und zwang mich gewaltsam zur Ruhe. Wie heißt er?...wie heißt er?... hämmerte es ständig durch meine Gehirnwindungen. Mein Kopf dröhnte. Zudem klopfte noch eine energische Mittsechzigerin mit ihrem Stockschirm an die Scheibe. Meine Gedächtnislücken schienen auch ihr nicht zu gefallen.

Mein Bekannter redete ununterbrochen weiter. Ich gab nur noch klägliche Laute von mir.

„Na, dann bis später, lieber Hubert, ich warte auf deinen Anruf", schien er das unergiebige Gespräch beenden zu wollen.

„Ich rufe bestimmt wieder an", stöhnte ich verzweifelt und hängte auf. Ich war fix und fertig.

Mit zitternden Händen schlug ich das Telefonbuch auf und suchte nach seinem Eintrag.

Er hieß *H a n s* .

Die Sache verfolgte mich noch einige Tage. Offensichtlich hatte das verflixte Telefon es auf mich abgesehen.

Eines Morgens klingelte der Apparat auf meinem Schreibtisch und ich meldete mich nur zögernd. Mein Gesprächspartner wünschte mir einen guten Morgen.

„Hallo, Olli, wie geht's dir?" rief ich ohne zu zögern, vorgewarnt durch mein letztes Erlebnis.

„Hier ist nicht der Olli, hier ist der Rudi", tönte es mir fröhlich entgegen. Nun stellte sich heraus, dass es sich bei besagtem Rudi um einen Mitarbeiter einer großen Firma handelte, mit dem ich mehrmals beruflich telefoniert hatte. Seinen Vornamen kannte ich gar nicht.

Diese übereilte vertrauliche Reaktion war mir nun äußerst unangenehm. Es sollte jedoch noch schlimmer kommen. Besagter Rudi hatte wohl das Talent, die Stimme diverser Bekannter von mir zu imitieren.

Nach einigen Wochen rief er wieder an und ich sagte spontan: „Ei, Karl, lange nichts mehr von dir gehört!"

Wieder musste ich mir anhören:

„Hier ist nicht der Karl, hier ist der Rudi!"

Ich war so perplex, dass ich unvermittelt einen Lachanfall bekam, der nicht enden wollte. Die

Sache mit dem vergessenen Vornamen hatte mich fertiggemacht. *Rudi* stimmte in mein Lachen ein und die peinliche Situation entspannte sich.

Seit dieser Zeit gehe ich dem Telefon aus dem Weg und frage zunächst immer: „Mit wem spreche ich bitte?"

Ein Scheck stinkt zum Himmel

Fernando Velasquez war ein begeisterter Angler und frönte infolgedessen seinem Hobby zur Tages- und zur Nachtzeit.

Er lebte in einem kleinen Fischerdorf an der schönen Costa del Sol.

Eines Abends kam er mit vollem Eimer zu seinem Wagen und entdeckte unter dem Scheibenwischer einen Strafzettel. Er sollte vierhundert Peseten wegen Falschparkens bezahlen.

Wutentbrannt raste er zur Polizeistation und knallte den Zettel auf den Tisch.

„He, ihr Halunken!" rief er den beiden Beamten zu, „was soll denn das?"

„Reg dich nicht auf, Fernando", entgegnete einer der Beamten. Er war korpulent und schwitzte in seiner Uniform entsetzlich. Schweißtropfen liefen ihm in seinen Seehundbart und unter den Achseln hatten sich nasse Flecken gebildet. Er war sichtlich überfordert.

„Du hast falsch geparkt, deshalb die Strafe", fuhr er fort. Die Störung passte ihm ganz und gar nicht.

„Ich habe nicht falsch geparkt!" schrie Fernando aufgebracht. „Wo ist denn dort ein Verbotsschild?"

„Das Schild wurde heute Mittag aufgestellt", sagte der andere Beamte, sichtlich genervt.

„Da war ich beim Angeln", ächzte Fernando.

„Wie kann ich bestraft werden, wenn zum Zeitpunkt meines Parkens das Verbotsschild noch gar nicht da war?"

Es half alles nichts. Die Ordnungshüter beharrten auf ihrem Recht und verlangten die Zahlung des Bußgeldes.

Doch Fernando sann auf Rache.

Er nahm von seinem Fang eine große Seezunge, ließ sie zwei Tage in der Sonne schmoren, und schrieb dann ordnungsgemäß mit schwarzem Filzstift einen Scheck über Vierhundert Peseten auf die ausgetrocknete stinkende Haut.

Diesen *Scheck* legte er in einen Karton und trug ihn zur Zahlstelle der Polizeistation.

Der Kassierer rümpfte die Nase und öffnete die Schachtel.

„Was ist denn das?" rief er angewidert und schaute Fernando strafend an.

„Ich möchte meine Strafe mittels dieses Schecks bezahlen", antwortete Fernando und schaute gelangweilt aus dem Fenster.

„Das ist kein Scheck, das ist eine Seezunge", entgegnete der Beamte. „Den kann ich nicht annehmen."

„Es ist nicht vorgeschrieben, worauf man einen Scheck auszustellen hat", sagte Fernando. „Er ist ordnungsgemäß ausgefüllt und auf meine Bank gezogen."

Dann verließ er den übelriechenden Raum.

Der „Scheck" stank weiter zum Himmel. Keiner wollte ihn zur Bank bringen. Fernando konnte man jedoch zunächst nichts anhaben. Er hatte seine Strafe bezahlt.

In dem darauffolgenden Rechtsstreit wurde dann höchstrichterlich entschieden, dass die ordnungsgemäß beschriftete Seezunge als Scheck im Sinne des Gesetzes anzusehen sei.

Katerstimmung

Die Straße von Amalias nach Olympia schlängelte sich in leichten Windungen durch die von der Sonne ausgedörrte Landschaft Elis auf der griechischen Halbinsel Peloppones. Es war windstill und vom Meer hörte man nur ein sanftes Rauschen.

Der schwere Geländewagen dröhnte durch die Stille und erschütterte die Monotonie der mittäglichen Stunde. Nach der letzten Kurve zeigte sich unvermittelt die ganze Pracht des Tales, in das Olympia mit seinen antiken Stätten eingebettet ist. Unsere Reisegruppe befand sich auf einem Landausflug und hatte vor zwei Stunden das Kreuzfahrtschiff im Hafen von Patras verlassen.

Wir wollten es nicht versäumen, bei unserem Ausflug auch das weltberühmte Olympia zu besichtigen.

Ein junger Student namens Charly räkelte sich auf dem Beifahrersitz und gähnte: „Eigentlich habe ich keine Lust, bei dieser Hitze alte Gemäuer zu besichtigen", brummelte er vor sich hin.

Sofort protestierten wir energisch gegen diese Einstellung. Wir wollten natürlich alles sehen, was nur im geringsten historische Merkmale zeigte.

Schließlich kam es zu einem Kompromiss und wir beschlossen, zunächst den anstrengenden Teil hinter uns zu bringen und dann eine gemütliche Schenke aufzusuchen.

Der Reiseleiter schlug ein kleines Weinlokal in den Bergen vor und versprach uns dort ein besonderes Erlebnis. Er selbst sei schon mehrmals dort gewesen und habe sich köstlich amüsiert.

Voller Spannung und Neugierde spulten wir nun in knapp zwei Stunden das Besichtigungsprogramm ab und betraten zuletzt das historische Stadion. Hier stand die Luft still und eine brütende Hitze trieb uns den Schweiß aus allen Poren.

Charly setzte sich erschöpft auf einen Stein.

„Jetzt reicht es mir aber", haderte er, „ich habe einen Wahnsinnsdurst und brauche sofort einen kühlen Trank."

Da es uns allen so erging, stürmten wir zu den Wagen und fuhren nach den Anweisungen unseres Animateurs zu dem von ihm empfohlenen Ziel in den Bergen.

Das von Bäumen fast verdeckte und von blühenden Pflanzen aller Art überwucherte Gebäude machte den Eindruck, als wolle es jeden Moment zusammenstürzen.

Doch der Besuch dieses Lokals sollte zu einem unvergessenen Erlebnis werden.

Zunächst fiel der Blick auf einen wuchtigen antiken Schreibtisch, der in der Mitte des kleinen Gastraums dominierte und mit unzähligen Papieren übersät war.

Inmitten dieser Unordnung saß ein riesiger Siamkater und blinzelte gelangweilt in die Gegend. Wir setzten uns in eine Ecke und harrten der Dinge, die da kommen sollten. Kurz darauf trat ein schmächtiger Grieche namens Sokrates an unseren Tisch und lächelte freundlich.

„Ich freue mich, dass sie kommen zu mir", sagte er in holprigem Deutsch und wischte mit einem nicht mehr ganz frischen Lappen über den Tisch. „Sicherlich Sie haben Hunger und Durst?"

Charly war verdutzt über die recht ordentlichen Deutschkenntnisse und antwortete: „Oh ja, das haben wir. Zunächst einmal viel Durst."

Wir bestellten Mineralwasser, weil wir zu dieser Tageszeit und angesichts der mörderischen Hitze noch keinen Alkohol trinken wollten.

Nachdem der erste Durst gelöscht war und sich Hunger breit machte, rief Charly nach Sokrates, der sich in der Küche zu schaffen machte. Er kam sofort an unseren Tisch und hatte zum Erstaunen aller den Kater, den wir ganz vergessen hatten, auf dem Arm.

„Was darf es sein?" fragte er und schielte auf das kleine Raubtier. Das spitzte ganz plötzlich die Ohren. Der Reiseleiter grinste und tat so, als ginge ihn die ganze Sache nichts an.

„Vier Portionen Tintenfisch!" riefen alle wie aus einem Munde.

Was dann geschah, war kaum zu glauben.

Sokrates schaute den Kater an und fragte: „Bist du einverstanden, dass ich den Herrschaften Tintenfisch serviere?"

Dieser nickte daraufhin mit dem dicken Kopf und gähnte anschließend herzhaft.

„Es ist ihm recht", sagte Sokrates und setzte den Kater ab. „Ich werde mich sofort an die Arbeit machen."

Wir waren so verblüfft, dass keiner zunächst ein Wort herausbrachte. Dann lachten wir so laut und brüllten vor Vergnügen, dass der Einsturz des brüchigen Gemäuers zu befürchten war.

Sokrates schaute uns misstrauisch an und lachte dann mit. Später fragten wir ihn, ob sein Kater hier bestimmen dürfe, was den Gästen serviert werde?

Er lächelte hintergründig und stellte eine Flasche Retsina auf den Tisch.

„Ich mache das nur zur Belustigung meiner Gäste", erwiderte er. „Es wissen schon viele hier und deshalb sie kommen alle gerne zu mir. Das ist gut für Geschäft. Natürlich darf niemand böse sein."

Kurz darauf kehrten wir zum Schiff zurück und setzten am nächsten Tag unsere Kreuzfahrt fort.

Ein verrücktes Paar

(Für Harald Juhnke und Grit Böttcher)

Büro in einem Amtsgericht. Beamter sitzt am Schreibtisch. Es klopft. Herein kommt ein Mitarbeiter.

Mitarbeiter: M
Beamter:　　B
Dame:　　　D

M: Guten Morgen, Herr Kollege!
B: Morgen, Morgen!
M: Wie geht's?

B: Fragen Sie nicht. Habe mal wieder Ärger mit meinen Mietern. Wissen Sie, wenn ich damals nicht im Lotto gewonnen hätte, wäre mir vieles erspart geblieben.

M: Aber wieso denn? Millionen warten jede Woche auf einen Gewinn. Sie hatten das seltene Glück und beschweren sich?

B: (winkt ab) Hören Sie auf. Das Mietshaus raubt mir noch den letzten Nerv.

M: Aber Sie haben doch einen Hausverwalter, der sich um alles kümmert. Sie kennen die Mieter nicht, die Mieter kennen Sie nicht. Was wollen Sie mehr?

B: Trotzdem muss ich als Eigentümer Entscheidungen treffen, wenn Klagen kommen. Erst gestern musste ich einer alleinstehenden Mieterin das Wasser abstellen lassen.

M: (erstaunt) Das Wasser abstellen lassen?

B: Ja, es haben sich mehrere Mieter beschwert. Die Dame habe jeden Abend Herrenbesuch und bade dann stundenlang bis spät in die Nacht. Dabei sollen Geräusche entstehen, die denen in einer öffentlichen Badeanstalt ähneln.

M: Aber Sie können doch deswegen nicht das Wasser abdrehen. Bedenken Sie doch, wozu man Wasser alles braucht.

B: Was soll ich denn machen? Die Mieter geben keine Ruhe. Ich kann mich doch nicht mit in die Wanne setzen und um Zimmerlautstärke bitten.

M: Das Wasser abstellen ist aber doch keine dauerhafte Lösung.

B: Ich habe den Wasserentzug ja nur von Zweiundzwanzig Uhr abends bis sechs Uhr früh angeordnet. Wenn sie tagsüber badet hat wohl niemand was dagegen. Nachts sind nun mal viele Leute sehr hellhörig.

Das Telefon klingelt.

B: (hebt ab) Amtsgericht, Rechtsantragsstelle, guten Tag!
(lauscht)
Ja, dafür sind wir zuständig. Bevor ich aber einen entsprechenden Antrag zu Protokoll nehmen kann, müssen wir die Einzelheiten besprechen. Ja, Sie können sofort kommen. (zu dem Kollegen gewandt) Da will jemand eine einstweilige Verfügung beantragen. Ein Vermieter scheint mal wieder seine Macht demonstriert zu haben.

M: Na, dann verdufte ich lieber. Wünsche noch einen schönen Arbeitstag. (geht)

B: (griesgrämig) Schönen Arbeitstag. Das fängt ja wieder gut an.

Es klopft.

B: Herein!

Es erscheint eine attraktive junge Dame.

D: Guten Tag! Habe ich eben mit Ihnen wegen der einstweiligen Verfügung gesprochen?

B: Haben Sie. Bitte nehmen Sie Platz. Worum handelt es sich genau?

D: Mein Vermieter dreht mir jeden Abend das Wasser ab, und zwar von Zweiundzwanzig Uhr abends bis Sechs Uhr früh.

B: (stutzt, schaut verwirrt, fängt sich wieder) Warum dann das?

D: Weil ich nachts gerne bade. Das scheint einige Mieter zu stören.

B: Hat der Vermieter Ihnen den Grund selbst genannt?

D: Nein, das hat mir der Hausverwalter gesagt.

B: (verschämt) Sind Sie denn laut beim Baden oder verursachen Sie sonstige Geräusche, die dabei nicht üblich sind?

D: Aber ich bitte Sie, ich bade ganz normal.

B: Ja, aber was stört denn dann die Nachbarn? Haben Sie denn nicht versucht, mit dem Vermieter zu reden?

D: Nein! Den Vermieter kenne ich gar nicht. Es scheint sich aber bei ihm um einen verknöcherten alten Spießer zu handeln, der alles glaubt, was ihm so zugetragen wird.

B: (blickt strafend auf) Aber wie können Sie so etwas sagen, wo Sie ihn doch gar nicht kennen.

D: (erbost) Jeder vernünftige Mensch hört doch erst mal beide Seiten an, bevor er eine solche Entscheidung trifft. Oder würden Sie das nicht tun?

B: (stammelt verwirrt) Aber wieso denn ich...?

D: Nur so, als Beispiel...

B: Ach so, ja, ja... (fasst sich) Um noch mal auf die Geräusche zurückzukommen. Planschen Sie denn allzusehr in der Wanne oder singen Sie laut?

D: Nein!

B: Was, nein?

D: Ich singe weder laut noch plansche ich sehr. Was würden Sie denn als Baderegel in einem Mietshaus vorschlagen?

B: Warum fragen Sie denn immer mich?

D: Wir reden doch gerade über das Problem. Ich möchte gerne die Meinung eines vernünftigen, sachlichen Menschen hören.

B: (etwas versöhnlicher) Da kann ich Ihnen auch keine verbindlichen Ratschläge geben. Laute Geräusche werden ja oft durch mehrere Personen verursacht. Baden Sie denn immer allein?

D: Nein, mein Quietschentchen ist immer dabei. Was soll überhaupt die dämliche Frage? Wollen Sie mich kompromittieren?

B: Aber nein! Es kann doch sein, dass Sie Kinder haben und es dadurch so laut im Badezimmer ist.

D: Ich würde doch meine Kinder, wenn ich welche hätte, nicht um Mitternacht baden!

B: (entnervt) So kommen wir nicht weiter.

D: Allerdings! Dann nehmen Sie bitte meinen Antrag zu Protokoll. Das Gericht muss den Vermieter anweisen, unverzüglich das Wasser wieder anzustellen.

B: Aber warten Sie doch mal. Vielleicht können wir die Angelegenheit auch ohne gerichtliche Schritte regeln.

D: Aber wie denn?

B: Wenn Sie sich verpflichten, ab Zweiundzwanzig Uhr nur noch in äußersten Notfällen zu baden, lasse ich Ihnen das Wasser wieder anstellen.

D: S i e ?

B: Äh, ich meine, werde ich den Hausverwalter anweisen..., nein, nein, ich werde den Vermieter anrufen und versuchen, ihn zum Einlenken zu bewegen.

D: Sagen Sie mal, haben wir uns nicht schon mal gesehen?

B: Das kann nicht sein. Ich wohne nicht in Ihrer Nähe.

D: Woher wissen Sie denn, wo ich wohne? Das habe ich doch noch gar nicht gesagt!

B: Äh, ja...ich... (verhaspelt sich)

D: Irgendwie kommen Sie mir bekannt vor. Lassen Sie mich mal raten.

B: Hören Sie auf, wir müssen jetzt zum Ende kommen. (greift zum Telefonhörer) Haben Sie die Nummer Ihres Vermieters?

D: Ja, ich schreibe sie Ihnen auf. (schreibt und überreicht Zettel)

B: (wählt und brüllt in den Hörer) Sind Sie der Vermieter der Wohnungen in der Lessingstraße? Ja? Dann stellen Sie sofort das Wasser wieder an, Sie Armleuchter... (knallt den Hörer auf die Gabel) So, dem habe ich es aber gegeben.

D: (energisch) Jetzt geht mir ein Licht auf. Wenn das Wasser heute Abend nicht läuft, komme ich morgen wieder und werde den Antrag bei einem Kollegen stellen. Auf Wiedersehen, Sie Armleuchter!

Schönes Leben

Zentnerschwere Felsbrocken drückten auf Dereks Brust und nahmen ihm den Atem. Schweißgebadet wälzte er sich auf den Rücken und schnappte nach Luft. Pelzige Trockenheit kroch die Kehle hinab, seine Zunge war geschwollen. Dämmriges Licht des grauenden Morgens beförderte ihn vom Halbschlaf in die Aufwachphase. Hartnäckig wehrte er sich gegen die auftauchenden Erinnerungen, die aus großer Tiefe in sein Bewußtsein schwemmten und mehr und mehr Konturen annahmen. Er wollte vergessen, verdrängen, nicht wahrhaben, welche Anforderungen das Leben an ihn gestellt hatte. Träume zwischen gestern und heute waberten seit Stunden durch seine alkoholgelähmten Gehirnwindungen. Gute und schlechte Tage hatte es gegeben. Was das Leben wohl noch zu bieten hatte? Schlechte Tage überwogen. Krankheit, Arbeitslosigkeit, Schulden, Vorladungen bei Gericht. Alles floss ineinander. Peitschendes Einsetzen des Radioweckers mit dem Song: „Bye, bye, my love, mach et jut...". Gedanken an Monika. War er allein? Oder lag sie neben ihm? Er griff ins Leere. Das Bett war noch warm.

„Guten Morgen, liebe Sorgen, seid ihr auch schon alle da", dröhnte das Radio jetzt. Verfluchter Mist! Mühsam erhob er sich und wankte in die Küche. Seine pelzige Zunge gierte nach Flüssigkeit, egal was, Hauptsache nass und kalt. Aah! Jetzt war es besser.

Musst du nicht heute zum Gericht? Wo ist die Ladung? Gestern lag sie noch hier.

Taumelnder Gang ins Wohnzimmer. Es roch nach kaltem Rauch und abgestandenem Alkohol. Leer Flaschen überall.

Er fegte den Tisch frei und fand das Schreiben, übersät mit braunen Fuselflecken. Tatsächlich heute, Neun Uhr. Abgabe der eidesstattlichen Versicherung. Scheiße! Scheißgläubiger! Alle wollten nur Geld. Der Gerichtsvollzieher lief sich die Füße platt. Arbeit hatte er keine mehr, lebte von Arbeitslosenhilfe und Gelegenheitsarbeiten, die Wohnung bezahlte das Sozialamt. Alles verloren durch Suff und Scheidung. Weiber aus dem Milieu zockten ihn zusätzlich ab. Wo war die Schlampe von Marianne? Gestern hatte sie doch noch mit ihm gesoffen. Anschließend ins Bett. Hatten sie es miteinander getrieben? Er konnte sich an nichts erinnern, wie an so manchen suffgeschwängerten Beischlaf nicht.

Scheißgericht! Scheißgläubiger! Was stand da? Bei Nichterscheinen ergeht Haftbefehl! Was sollte das? Auch noch in den Knast? Nein! Also hin und den Offenbarungseid leisten.

Die Zunge klebte schon wieder. Ein Schluck aus der Pulle half. So konnte es nicht weitergehen. Reiß' dich zusammen! Du musst das Leben in den Griff kriegen! Nur noch den Scheißtermin hinter dich bringen. Dann wird alles anders!

Er wankte ins Bad. Es roch unappetitlich. Wahrscheinlich hatte er sich in der Nacht die Seele aus dem Leib gekotzt. Oder Marianne, die alte Suffeule. Schwankend wusch und rasierte er sich. Die Musik nebenan verstummte. Nachrichten: Der Weltsicherheitsrat hatte wieder einmal den Angriff irgendwelcher Rebellen auf irgendeinen wehrlosen Gegner besonders scharf verurteilt. Mist! Was ging es ihn an. Alles Komödie, wie so vieles im Leben. Mit Brandanschlägen auf Ausländerheime ging es weiter. Raubüberfälle, Mord und Totschlag. Er hieb auf die Taste, und die Welt verstummte. Stille breitete sich aus. Nur die Reste des Waschwassers gluckerten schmatzend in den Ausguss. Übelkeit überfiel ihn. Schon halb neun, er musste sich beeilen.

Der Anblick des Gerichtsgebäudes übersäuerte seine Magenwände. Vor Zimmer 106 standen die Schuldner Schlange. Schmitt, Rechtspfleger, las er an der Tür. Dann Aufruf der Sachen. Er war noch nicht dran. Was sollte er machen? Er kannte den Ablauf. Kohle hatte er keine, nur noch ein paar Mark, die er für Schnaps brauchte. Aber es sollte ja alles anders werden. Vielleicht leistete er sich statt dessen später eine Bockwurst. Raten waren nicht drin, also musste er heute leisten und ins Schuldnerverzeichnis. Scheiß drauf! Wen interessierte das schon?

Der Rechtspfleger fragte, ob er die Forderung zahlen könne? Nein, unmöglich, noch nicht mal

Raten sind drin. Er füllte das Vermögensverzeichnis aus und beeidete seine Angaben. Offenbarungseid! Das Ende! Schluss! Aus!

Raus auf die Straße, frische Luft, quälender Durst. Er brauchte was zu saufen. Halt, nein, denk' an die Zukunft!

Seine Schritte trugen ihn unmerklich zum Milieu. Die ersten Schnapsbrüder kamen in Sicht, hielten ihm den Flachmann hin. Die guten Vorsätze gerieten ins Wanken. Immer weiter, weiter in den Abgrund. Ein kräftiger Schluck. Tat das gut. Nur heute noch mal, ab morgen wird es anders. War ja eine schwere Entscheidung, der Offenbarungseid. Die paar Münzen in der Tasche juckten. Dafür gab es noch hochwirksamen Fusel. Arbeitslosenhilfe wurde übermorgen gezahlt. Das reichte wieder für einige Tage. Erneut ein langer Schluck. Der Alkohol entfaltete seine Wirkung. War doch ganz schön, das Leben. Wozu arbeiten? Er hatte doch alles, was er brauchte. Scheißzivilisation! Arbeit brachte nur Stress, Verantwortung und neue Probleme. Keine Zeit zum Leben, was immer das auch sein mochte.

Kritik- und Urteilsfähigkeit schwanden mit jedem weiteren Schluck, die Zufriedenheit wuchs. Alles wendete sich zum Guten. Schönes Leben!

Nachwort

Schriftsteller mögen zuweilen behaupten, dass der Inhalt ihres Werkes frei erfunden und jede Ähnlichkeit mit noch lebenden oder verstorbenen Personen rein zufällig sei.

Zu dieser Aussage bin ich bei diesem Buch nicht bereit.

Wenn auch die Rahmenhandlung oftmals erfunden sein mag, steckt doch hinter jeder Geschichte ein Schicksal oder freudiges Erlebnis, das Menschen auf dem ganzen Erdball hätte begegnen können.

Ausdrücklich will ich jedoch betonen, dass die in den „Erinnerungen" erzählten Begebenheiten tatsächlich so geschehen sind.

Die übrigen in der Ich-Form geschriebenen Geschichten haben mit persönlichen Erlebnissen nichts zu tun und fallen unter die vorstehend gemachten Bemerkungen.

Simmern/Ww., im Februar 2002

Wolfgang Frink